〔新〕詩論・エッセイ文庫 17

野の風にひとり

倉田史子

土曜美術社出版販売

［新］詩論・エッセイ文庫17

野の風にひとり＊目次

I

II

野の風にひとり

I

詩人高田敏子と「野火」

「生活と詩をつなぐ野火の会」というキャッチフレーズで、詩人高田敏子が全国の女性を中心に、隔月で詩誌「野火」を発刊したのは、一九六六（昭和四十一）年のことであった。全国に、のべ八百人ほどの（詩を書くことのなかった）女性たちが詩誌「野火」に参加して、それは高田敏子が亡くなる一九八九（平成元）年まで続いた。

一九六〇（昭和三十五）年三月から、朝日新聞の家庭欄に情景写真付きの詩を通算六年あまり連載した高田敏子（当時四十七歳）の作品と名前は、現実の生活を根底におきながら、そこから一歩心を飛躍させる、イマジネーションをひろげることが詩であると伝え、全国の家庭人にみるみる知れ渡って行った。

この読者からの反響に背を押されるように、高田敏子は「野火」創刊を決意し、それまでポツポツと詩作の相談などあった無名の女性たちに積極的に声をかけていったのである。

話がわき道にそれるが、私の中学生時代に母が購読用にとってくれた朝日新聞ジュニアがあり、そこには全国の小、中学生の詩や短歌が掲載されていた。

当時、その欄では大阪府枚方市の野上丹治君の作品が光っていて、彼は常に一席をとっていた。たまに妹さんなどの名前も見かけたから、よい指導者もあったのかとは思う。二席、三席止まりの私は、今でもその名前を記憶しているくらい、彼の生活感あふれる詩には感動があった。

そんな折しも、離島振興協会と朝日新聞社主催の「詩」の募集があり、佐渡の金山跡を見学していた私は、詩「廃坑で働く女」を書いて、特選入賞をした。

今、振り返れば、そのころから詩そのものをわからないままにも、詩の存在はつかず離れず私のなかにあった気がする。

池袋の西武百貨店で作品展があり、表彰式に出席のため上京した田舎の中学生の写真は朝日新聞に載って、在京の父親が友人たちに喜びを伝えていたと、父の死後聞かされた。

「野火」発足と私の結婚は同時期で、その前に高田敏子宛てに手紙を書いたりしていたので、お誘いを受けたときには、迷うことなく入会したのだった。

第一回目の東京例会には出席した。
於日本出版クラブ。五十九名参加。
群馬、茨城、静岡からの方もおられた。
二回目以降の例会は参加せず（投稿のみで）隔月の勉強会に出席することはできなかった。
結婚、育児と環境の激変に日々精一杯だったことと、つれあいが詩の勉強会に参加するのを好まなかったこともあった。

「野火」には、安西均、伊藤桂一、鈴木亨、菊地貞三の四人の詩人が控えており、「ていねいに生きることから詩は生まれる」という詩の基本から、詩作の心構えまで学ぶことができた。

また、詩誌には全国の会員の詩作品のほか、世界の名詩、日本の名詩もふんだんに掲載されていたから、外界から閉ざされた自宅にいても、現代詩はしみこむように入ってきたのだ。

一九七九（昭和五十四）年、子供の通う幼稚園で、「母の会」の役員をしていたとき、私は、母親たちへの講演を高田にお願いすべく手紙を出した。

全国の「野火」会員のためにかけまわっていた詩人は、多忙極まりなかったにもかかわらずすぐ電話を下さった。

　一年間のスケジュールで十二月十二日しか空いていないというのだ。

　十二月十二日は私の誕生日。

　不思議な縁を感じ即決。幼稚園側に伝え実現した。

　幼稚園の保護者は三百人。ホールいっぱいの聴講の母親たちの前で高田先生が話して下さったのは「大人の目の高さ　子供の目の高さ」であった。


　一年中、空きのないほど、詩や会員のために動くエネルギーはどこからきていたのだろう。

「自分はどのようにして生きて行くか、その姿勢を掘り出して書くこと」と、書きながら人生を確かめることを「野火」会員におっしゃっていたことの実践だったんだろうか？

　高田敏子という詩人は、詩人と言われることを好まなかったが、その謙虚さとは裏腹に、優しい言葉で哲理の深さの見える詩が次々発表され、押しも押されもせぬ正真正銘のスーパーレディであった。


　平成元年に掌の上に乗るくらいの小さな形でまとめられた小詩集シリーズが花神社から出ることになった。

十五ページほど。詩も十篇くらいの薄い冊子で、高田はカラフルな無地の表紙のそれらを十冊にまとめて箱にしようという着想で、初めて出版する人にもすすめていた。私の手元には十冊揃ってはいないが、それには悲しい理由があった。小詩集8のところで、高田敏子は天に召されたのだった。

小詩集シリーズ　　　　　　　　　　表紙の色

1、落ち葉の道　　　　高田敏子　（薄茶色）
2、花　　　　　　　　高田敏子　（ピンク）
3、子供　　　　　　　高田敏子　（朱色）
4、野川　　　　　　　小林純子　（水色）
5、6、（残念ながらこの二冊は私の手元には無い）
7、菜の花の道　　　　石井睦子　（若草色）
8、風になった少女　　倉田史子　（朱色）

実は、八番目の私の詩集への序文をお書き下さっていたころ、高田敏子は、脊髄腫瘍の病に苦しまれ、草津温泉に療養されたり、とてもおつらいところにおられた。

初めての私の詩集への序文が高田敏子の絶筆になってしまわれたのだった。のちに安西均先生から、「高田さんの絶筆が、倉田さんへの序文だったんだね」と言われたのを思い出す。

高田先生がお電話の向こうで、「とても痛くて、眠ることもできないの」とおっしゃる声の細さになにもできない自分が、ただただ申し訳なかった。

未完のままのシリーズは三十余年、私の本棚にひっそりと並んだままである。

帰る

高田敏子

ある日私は見つけた
庭の隅に　全く土色と化した一枚の枯葉を——
手にとりあげると　それは
もろくくずれ
さらさらと　私の手からこぼれて
土に帰っていった

父は四十五歳で死んだ　病名は脳溢血

倒れて四時間程を眠りつづけ
最後の時を　眠りの中で　はげしく
頭を振った
「否　否」というようにふりつづけて
息をとめた

いま柿の葉がしきりに散りつづけている
掃き寄せてマッチをすれば
はじけ　もだえ　その何枚かは風にのって逃れてゆく

あの一枚の葉の　自然の死
自然に土に帰れるまでに
どれほどの月日をかけるのだろう
一枚の枯葉でさえ――

（小詩集シリーズ1『落ち葉の道』）

風になった少女

倉田史子

思い出の向こう側から少女が一人駆けてくる
あれは　心臓が悪く
友達とかけっこのできなかったミーちゃんかもしれない
丹沢の麓の明るい野原を
風になったミーちゃんが
思いっきり息をはずませて
野の花の中をあんなにもうれしそうに
今に向かって走ってくる
何の気がねもなく
思いっきり走りたいという夢をかなえた少女よ
秋の陽ざしの中で
いつまでも駆けるといい
十四年分を走りまわるといい

（小詩集シリーズ8『風になった少女』）

詩人江間章子さん

世田谷の思い出

夏が来れば　思い出す
はるかな尾瀬（おぜ）　とおい空
霧のなかに　うかびくる
やさしい影　野の小路（こみち）
水芭蕉の花が　咲いている
夢見て咲いている　水のほとり

あまりにも有名な「夏の思い出」のフレーズは、東北出身の詩人江間章子の作詞によるものである。

このみずみずしい詩を書いた江間さんは、尾瀬には一度も行ったことがないのだと伺ってとても驚いた記憶がある。

詩人というのは、見えないものまで深く見て書くのが定石なので、江間さんのように詩の道で熟達した方には　尾瀬の山道を歩かなくても、遠くの山並み、動く雲、可憐な白い水芭蕉の花などくっきりと見えていたに違いない。

後世まで歌い継がれる美しい詩を書かれた女性江間章子さんに一九九三（平成五）年三月二十四日、世田谷区の区民ホールでお目にかかった。

世田谷区主催「第十二回文芸世田谷」で拙詩「ある日常」が世田谷文学賞第三席に入賞し、その表彰式で審査員のお一人だった江間章子さんにお目にかかれたのだった。

もう一人、磯村英樹氏が審査員でいらっしゃった。

磯村さんは、私の詩に書かれている人物が三十代後半の青年であることを知り、非常に驚かれていらした。五十代か六十代の人の日常かと思われたらしい。今も印象深く思い出す。

この文学賞は、世田谷区在住者か在勤者のみが応募できるものだった。

そのころ、私のつれあいは、世田谷区内の消防署長を拝命していた。税務署、警察署、消防署の三つの署長は、管内の公舎に居住しなければならない決まりがあったため、多摩

1993年3月　世田谷文学祭「詩」部門受賞者
左より　筆者、江間章子

市の家は空け、家族ぐるみで世田谷区桜新町の国道二四六号沿いの家に転居していたのだった。

世田谷を皮切りに、このあと千住、品川、新宿、ラストは北区、文京区、板橋区にまたがる第五方面本部の公舎板橋区大谷口にと、二、三年おきに異動と転居があり、夫婦のほかに、子供三人とペルシャ猫一匹はそのつど引っ越しを余儀なくさせられたのだった。

子供たちはこの十余年間で、大学を卒業し、就職し、結婚していった。

世田谷在住時代、知人友人が周りに一人もいない環境だったため、私は社会とのつながりが必要と考え、東京ガス世田谷支社にパートタイマーとして勤務することにした。社員は皆親切で、昼休みには卓球を楽しむよい仲間に恵まれた。

その合間に、世田谷区議の本多シズヱ女史が運営する、生涯学習の場「世田谷婦人大学」に参加してみた。ずっとあとになって、学長が佐渡出身なのを知った。

週に一度水曜日の授業があって、主婦や会社員、さまざまな女性が学んでいる場で、退官した大学教授の話はエピソードもふんだんで面白かった。

特異だったのは、選択科目にカウンセリングがあったことだ。

人の話を聴くことで相手が変わるカウンセリング。

日本カウンセリング協会と日本グロースセンターの一流の先生方から基礎を学ぶことができたのである。

まさかのちに実践の場ができ、その学びが役に立つなど思いもよらず、カール・ロジャーズの理論など、友田不二男先生や大須賀克己先生から直々に講義を受けることができたのだった。

話がすっかり横道にそれてしまった。

なぜ世田谷に居住したかを書くために、封印してきた余分なことまで書いてしまい、半ばあきれかえらずにはいられない。

江間さんは、世田谷区の名誉区民であったので、その身は守られ、私には居住先はわからない。物静かで、小柄な方だが、目の奥には人を寄せ付けない凛としたものがあった。ご自分を律しているからこそ、あの「夏の思い出」のような抒情性がありながらも隙のない詩が生まれたのだろう。

江間さんの書かれた詩論らしきものが古いノートに書き残っていた。

他者を感動せしめるものになったかどうかが問題。詩のみならず絵画でも彫刻でも、他のジャンルでも一つの作品ができあがるまでにはいろいろな苦労があります。主題の問題、言語の問題、さらには表現する方法、テクニックなど。詩作品である以上、そこには作者の詩精神が関わってくるだろう。詩精神とは「詩作品を形成するための内部的エネルギーである」と言われている。いいかえれば感動の状態である。自然を見つめ、人間を見つめ、そこに照射される自己の詩的感動が、何らかの形で言葉に表されるとき「詩」の一歩ができあがるのではないだろうか？それをどのように形象化し、詩的世界に構築するか推敲を重ねるなかで、できあがる一篇の作品が詩だろうと思う。

合縁奇縁『望郷のバラード』の詩人裕杏子さん

私の本棚にある詩集『望郷のバラード』（茨城新聞社刊）。

著者は、茨城県石岡市在住の詩人裕杏子さん。

二〇一六年一月に、送付した拙著詩集『窓辺に立って』のなかの「すすき」にお目をとめて下さり、双方の娘がシアトル在住、裕さんも私も戦中疎開をした共通の経験があることに思いを強くされ、身近な関係者にのみ残した私的な詩集である等身大の作品集を、見知らぬ私にもお送り下さったのである。

裕さんの詩歴は四十年と長く、詩集も六冊発行、七冊目の『水の声』は、二〇〇九年に第四十三回日本詩人クラブ賞を受賞しておられる詩界の大先輩である。

ご長女はその夫君とともにグリーンレイクで日本料理店「喜作」を経営しておられて、裕さんも十数回シアトルには出かけていらっしゃるとのこと。

私はあのシアトル・タコマ空港の、税関まで二つ電車の駅を経由するややこしさを、彼女は何度も体験していることを知って親しみを覚えた。

同封の茨城新聞の切り抜きや冊子から、硲杏子という人間が先の戦争を越え、周囲のしがらみから逃げることなく、けっして家事をおろそかにせず、ひたすら自己をみつめて精進を怠らない人であることを知り、感嘆し好感さえおぼえたのであった。

それから三年、二〇一九年八月、詩の世界とは関係ない場所で、私の四十余年来の知己Sさんから何かの拍子に、シアトルの「喜作」の名前がとびだした。

Sさんとは、お互いの子供が幼稚園児だったころ、ともに「母の会」の役員をしていた今風に言えばママ友で、昭和五十四年から四十余年以上仲間としてのお付き合いが続いている。

その彼女の姪Hさん夫婦がシアトル在住で、「喜作」とは懇意にしているというのだ。

没交渉だった硲さんに、その旨手紙を書くと、折り返しすぐ返事が届いた。

硲さんは、二〇一六年六月に日本画家のご主人を亡くし独居生活で、シアトル在住の一人娘さんとはちょくちょくメール交換をしていらっしゃるとのこと。

Hさんとは「喜作」のよくよくのお得意さんで、二〇一〇年の十一月に冬のシアトルに裕さんご夫妻で出かけた折、娘さんとともにサンクスギビングデイの日、ベルビューのHさん宅にお招ばれをしたとのこと。

七面鳥の丸焼きでおおいに盛り上がった親しい間柄のご家族なのだそうだ。


不思議な連鎖に心底驚いたが、この世には目には見えない法則？があって、縁というものは意識するしないに関わらず、引き寄せられてゆくものでこういうのを合縁奇縁というのだろうと感じた。

そして、何かがおきるたびにいつも、見えない誰かやなにかに救われてきたことや、よい出会いに連なって行く奇縁も、重ねてきた年輪のおかげだろうかと感じたりしている。


（「砧」六一号　二〇二〇年九月）


二〇二〇年秋、この「砧」六一号のエッセイ「合縁奇縁」を読まれた裕さんから、お便りを頂戴した。

現在、「喜作」は他の方にゆずり、隣町のエドモンドに「山海」という日本料理店を経営しておられる由。

エドモンドは、フェリー寄港地で大きな街らしい。

驚いたのは、私のほうである。

私の次女は昨年秋から、ＪＰモルガン・チェース銀行のエドモンド店の支店長として異動になったと聞いたばかりだったからである。

ＩＴ時代なので、今はアメリカともテレビ電話（スカイプ）で無料で気軽に話せる。娘は「山海」を知っていたが、その隣の「ソルトアイアン」に子供や友人とステーキをよく食べに行くということだった。私からの話を聞き、最近は「山海」のお寿司をテイクアウトでよく食べるそうで、「おいしい」とほめていた。

つまり、コロナ拡大で飲食を店内で楽しめないのはアメリカも同じということらしい。銀行の面々は、「山海」に連れて行ってほしいと娘にねだっているそうだ。

二〇二一年のお正月、硲さんからのお年賀状には目の覚めるような真っ青な空の下、黄色い蠟梅が咲いた写真が添えられていた。

これまでのお手紙によれば、硲さんはテレビでよく取り上げられている〝山の中の一軒家〟にお一人で住まわれているご様子。梅の写真から、一目で空気のきれいな澄んだ環境が見え、山の木々、鳥のさえずり、風のさやぎまでもがわかり、うらやましくさえ感じた。「遊びに来て下さい」のお招きにうれしく思いつつ、出不精の私はつい自身の基礎疾患を言い訳にしてしまう。硲さんは、社交辞令を言う人ではないと感じ、何とか行動に移す努力をしようと決めている。それは、コロナ禍に身を置いてから、ぼやぼやしていると大事な出会いに気づかず過ぎてしまうかもしれないと思い始めたからだ。

コロナウイルスが世界中に蔓延し、お互いの国を気軽に行き来することも危ぶまれている現在、不思議な縁の糸だけがスルスルと動き出しているのを実感した。

この世にある思いがけない奇縁を大切にしたいと思ったのだった。

満月

裕杏子

疎開　という字が覚えられなくて
疎界　と書いていつも恥をかいてきた
疎外　という現実に心は傷つき
望郷　という二文字に安住を夢見た
あの頃

満月の夜などにはさらに思いが募って
おいてけぼりの兎のように

目を赤くして泣いていた少女期
それほど帰りたかった東京も
今では
出向く時の足は重たい

それでも仲秋の頃
山里の天空に丸い月が昇れば
どこか遠くに
帰ってゆく家郷があるような気がする

（『望郷のバラード』）

＊ 詩集『望郷のバラード』裕杏子　二〇一二年十一月十二日　茨城新聞社刊

重永雅子詩集『一人の時間』に救われて

二〇二〇年は、年明けから中国武漢で発生した新型コロナウイルスが、じわじわと世界に蔓延して日常生活がまったく止まってしまった。

日本にも、横浜港に停泊したダイヤモンド・プリンセス号の乗客乗員のコロナ感染が伝えられ、最初のころ私などは正体不明のウイルスに地球が侵略されてしまうことになった、SF映画のようだと、他人事みたいに連日の報道をみつめていた。

だが、三月下旬から外国との渡航禁止、国内でも緊急事態宣言が政府や東京都から発令されて、外出自粛、いわゆる三密（密集、密接、密閉）も感染の危機につながるから気をつけるよう連日テレビ、新聞などで報道されだしたことで、ヒトからヒトに伝染するウイルスのこわさが、五感にしみこむように入ってきたのだった。

店頭からマスクが消え、トイレットペーパーも品薄になりだした。

私の周りの女性たちは手先の器用な人が多いので、即座にきれいな布で手作りマスクを作って、不器用な私におこぼれを分けて下さった。

これまで都会では、すし詰め電車に都心の人混みなど人間の密集が当然のようだったが、渋谷のスクランブル交差点、新宿駅南口辺りもパラパラと人が点在するだけ。

仕事の仕方もテレワークに代わり、人はパソコンに向かって話すことになってしまった。

自宅にいることが増え、読書や書き物をするのが好きな私は大した不自由もなく、むしろ時間を楽しんで過ごせるからありがたいのだが、この先人々の生活の在り方に変化が起きるかもしれない。

落ち着きをとりもどした日本人がどう生きて行くのか、見てみたい。

『一人の時間』は、二〇一四年秋に贈っていただいた詩集で、そのときまで著者重永雅子さんを存じ上げなかった（私自身、出不精で各種の人の集まりは遠慮して生活していたから無理はない）。

白地に風景画が小さく一枚、真ん中に位置した清楚な表紙。

画家であられた御父上の写生画で五十年前の赤坂風景と、あとがきにあった。

「いいなあ」と眺め自分の本もこのスタイルにしたいと思うくらいインパクトがあった。

初めて拝見する詩人のどの詩篇も、ふっと肩の力が抜けて優しさに充ちていて私は一気に読了した。
　もちろん、今回のコロナウイルス規制中もこの詩集を読むことで救われたのである。そして、この本は今も私の机上の目につくところ、いつも読める位置に置かれるようになった。

十年日記

十年日記というのを買って
今年でその一冊を終わるところだ
一日で五行だけの些細な記述なのだが
月日の中にも潮のように流れているものがあって
知らないうちに変化してきている

（中略）

気がついてみたら
以前にはなかった病気が流行り
戦争にならなければよいが　という不安に包まれた
便利だけれど　おかしな場所についてしまった

もう十年日記はやめようか
世の中の変化が速すぎて息がきれる

（『一人の時間』）

重永さんはけっして人前にしゃしゃり出るなどなさらない謙虚な方で、だからこそ、そのコトバには重みがある。

一冊の中に凝縮された十年の重み。世の中の動きは、人間のこころには頓着せず、より早くより高く、より多くをめざして急ぎすぎるから、大事なことをポロポロこぼして行ってしまう。

気がついたらとんでもないところに位置していることを警報のように教えてくれた。時間て大自然のなかではおおざっぱで、ヒトだけが二十四時間の窮屈さに縛られている。

暮らし

いつものように　目が覚めること
いつものように　水が出ること

いつものように　食べられること
いつものように　喋れること
（中略）
どれかひとつが　いつもとちがうと
途端に暮らしのリズムがくずれる
あたりまえと思われることが
実は　あたりまえではなく
どなたかの深い配慮で編み込まれているのかもしれない

（『一人の時間』）

二〇二〇年の新型コロナウイルス規制のため、今までできていた人との交流がフランクではなくなり、人と人との間もソーシャルディスタンスといって二メートル距離をおいて空けるとか、大声を出さないでとか、マスク着用など不自然なことが増えて、あたりまえに喋れたことのありがたさを、随所でこぼされた経験がある。

重永さんは、それらの暮らしのありがたさを、どなたかの深い配慮で編み込まれているのかもしれないと、謙虚に暮らす大切さを投げかけていらっしゃるのである。

受け取る

誰かがくださる贈り物のように
自分が選べない事どもは
黙って受けとっておきましょう
気にかけないということは
たいそう生きやすい方法です

（『一人の時間』）

日本人は、贈り物をいただくと、お返しをしなければと思うくせがあるらしい。差し上げるほうは、感謝の気持ちを伝えるのであり、お返しなどかえって恐縮してしまい、次からは気持ちを伝えるのを控えてしまう。

気持ちをだまっていただいておきましょうという処世術の一つ。気にかけないということは、たしかに相手に負担はかからない。さらりとした人間関係でいられるではないか。お見事です。

同人詩誌「砧」「東京四季」を発刊のたび、お送りしているが、そのつどやわらかな字体の感想が届いて、受け取るのが楽しみになっている。

いつだったか、重永さんが「砧」の勉強会においで下さったことがある。住まわれている所と、「砧」の会の会場府中は、京王線で三十分ほどのところ、午後二時のお約束のところ、一時半にはいらしていて（会場を開ける係が私だったので）早めにお会いでき、その分たくさんお話できたし、品性のある女性で、書かれる詩篇のように、相手をおもんぱかれる方なのだと好感を持った。

定時にのんびり集まってきた「砧」の同人とも勉強会をお付き合い下さったのだった。あとでわかったのは「砧」そのものではなく、倉田史子本人に会いにきて下さったのだそうで、本当に申し訳のないことをした。

静かな落ち着いたところでゆっくりお目にかかるべきだったと、いまだに無作法さを恥じている。今思えば重永さんの配慮の深さなのだろう。

重永さんの詩に「自然治癒」がある。

この詩は（他から聞いた話だが）自閉症の方が「気持ちが落ち着くので何度も読んでほしい」とねだったという、こころに響くもので、ストレスの多い現代人にぜひ味わっていただきたい詩でもある。

自然治癒

手術をするとき
麻酔をかける
体が痛くならないように

体は痛くないのに
心が痛い日がある
そのときは　心に
麻酔をかける

麻酔が利いてくると眠くなる
だから心が痛い日には
眠ってしまうのがいい

ある精神科の医者は
患者が何かを訴えても

治療らしいことは何もせず
ただ待つのだという
太陽や風や空気のせいで
自然に治るのだそうだ

あの夏の日
広い原っぱのある公園で
風に吹かれて寝転んでいたわたしは
きっと自分でも気づかずに
心に麻酔をかけていたのかもしれない

（『一人の時間』）

人に疲れたとき、今も私は重永さんの詩集『一人の時間』を読むことでほっとし、自分自身の中に潤いがわいてくるから不思議な本である。

＊ 詩集『一人の時間』 重永雅子　二〇一四年九月五日　砂子屋書房刊

新保啓詩集『朝の行方』『岬の向こうに』

二〇一九年から二〇二〇年にかけて、あちこちの書評を読んでいたら、新保さんの詩集を無性に読みたくなった。

編集工房ノアさんとか、土曜美術社出版販売さんの発行だと書籍注文がすぐできるのだが、思潮社さんの書籍注文のハガキは持ち合わせがない。

注文したくても今はコロナウイルス規制で、近くの丸善書店も開いていない。

本人に直談判することにした。

「ぜひ、読ませていただきたい」と拙著詩集『窓辺に立って』を添えて手紙を、四月の末、ポストに投函した。

二冊の詩集が五月の連休明けに新潟県上越市から、軽やかに私のところへやってきた。

すぐに届くなんて　何て素敵なんだろう。

『朝の行方』のほかに『岬の向こうに』の詩集までお送りいただいて恐縮してしまった。私からの『窓辺に立って』は、佐渡にちなんだ詩が多く好感を持って下さったとのこと。

さらに「佐渡真野新町の『佐渡郷土文化の会』の山本修巳氏にも送ってさしあげたら喜ばれるのではないか」と親切な文面が綴られていた。

山本修巳氏は私も存じ上げていたので、新保さんからのおすすめにはとても驚いたが、佐渡文化の担い手であり、私的にも彼の奥方は私の高校時代の同期生（八クラスあり同じ組ではなかった）で、山本修巳氏と私の兄は佐渡高校の教師仲間でもあるという奇縁に気づかされた。

山本氏は佐渡でも有名な郷土学者の家系で、本州の作家や学者、文化人が佐渡を訪れるときの案内役として、お世話になった文化人の数は枚挙にいとまがないのではなかろうか？

司馬遼太郎、曽野綾子、瀬戸内寂聴ほか、御父上の代からの色紙も残っていて、尾崎紅葉、海音寺潮五郎、川端康成などが立ち寄った証しとして拝見させていただいた。

二十二年前（一九九九年）に外国からの客人（漱石の孫娘松岡陽子マックレイン女史）を佐渡にお連れしたその折、（同級生渡邉剛忠氏が佐渡高校の校長で、高校生に講演の機会を作って下さった）山本氏のご自宅にお伺いし、山本家は江戸時代の本陣であったので、そのなごりのお駕籠が玄関の天井からぶらさがっていたのを、驚きとともに見上げたのを思い出した。

山本修巳氏は「佐渡良寛会」の会長でもあられ、渡邉剛忠氏、人間国宝伊藤赤水氏（彼も同級生である）とならび佐渡の名士なのだと私などはとらえているが、腰の低い穏やかな紳士でいらっしゃった。

新保さんから山本先生のお話が出るとは、世間も広いようで狭いとしみじみ思ったが、『朝の行方』が運んできてくれたご縁であろうか？

朝の行方

朝と昼の区分がよくわからない
どこから　どこまでが
朝なのか
一晩中考えながら
朝を迎えた

朝には遅刻はあるのだろうか

遅れてやってきた朝は
きまり悪そうにして
空を曇らせた
昼とのさかいを一層わからなくした
なんてふうに

今朝は　五時に畑へ出た
芽吹いた馬鈴薯の
美しい朝がきていた
大勢の人たちに
見せたいようだった

それから朝はどこかへ
行き先が分からない

朝は　とても軽いから見失ってしまう
馬鈴薯の土寄せも終わらせないうちに

海の朝
水平線の朝
川の朝
水の朝
魚の朝
犬の朝

それぞれの朝は
今　どこでなにをしているだろう
消えた朝の行き先は
海たちだけが知っているらしい

（全文『朝の行方』）

何気ない日常のなかの小さな発見、目のやりどころが素敵だと感服してしまった。

朝の行方を考える人は、巷にどれほどあるだろうか？

詩人ならではの視点の広がりが「ああ、そうですねえ」とうなずきたくもなるさわやかな透明感。

そして日常の先の大きなものとつながって行くので、読み手を安らかにさせてくれるのだ。

日常は常識を強いてくるけれども、常識まみれになると、とたんに色あせる。

詩はどっぷり浸った日常の息苦しさから、ほんの少し人間を解き放ってくれる。そんな思いにさせられた。名詩とはこういうものをいうのだろうと学んだのである。

小さな春

ふきのとう　が出たよ
小道の脇に

胸に住む面影の人たちも
見ているだろうか
小さな春を
小道を歩きながら

近くの幼馴染と
会釈して擦れちがう

互いの胸のうちが透けて見える
私たち　でなく
面影のひとたちだけに

一緒に曳いた
地引網に似た
短かったような
長かったような　時の流れも

胸に棲みながら
こころもち　はにかんで
会釈する面影のひとたち　に
ちょっぴり　にがい
小さな春がきて

ふきのとう　が出たよ
小道の脇に

（全文『朝の行方』）

新保さんの周りはいつもおだやかで、自然と人が一体になり、めぐりまわっているようだ。人生を十分に味わいつくされた方に見える。

今さら詩句の言葉をいじくりまわして難しくすることなどいらない。

素直に書かれていく言葉がそのまま詩になっている。

「いえいえ、倉田さん、推敲がけっこう大変なのですよ」と隠れた苦労を話されるかもしれないが、読後、優しい気持ちに知らず知らずなるのは、もちろん力量のなせる技ではあるのだけれど、神保さんの人間の幅と深さからであろう。詩の良さが本当によくわかる一冊であった。

次に詩集『岬の向こうに』では、「蓋」の詩の最終連に目をみはった。

病院の入院患者さんに食事の前にお茶を注いでまわるおばさんがいて、その人は退院時にカップの蓋をみんなにくれるらしい。

新保さんも退院の日にもらって、そのカップの蓋は現在ご自宅の食器戸棚にしまわれているのだが、死んでしまえば病院に戻ることはないから、「また、来る日のために」と言いつついただいてきたものの、死んでしまったら戻ることもないので、お墓の下で謝っておこうという書き出しで　その最終連、

三月なのにまだ雪が降っている
雪が蓋になっている
（いかなる蓋の下で）
（いかなる星の下で）
残業帰り満天の星がきれいだったな
デイカップの蓋の下の小宇宙にも
星があって
微風は
菜の花を揺らしているだろう

（「蓋」最終連　『岬の向こうに』）

この詩のラストの四行のなんと見事なことだろう。

言葉を失ってしまった。

その場所に

その場所に
生まれたばかりの
白い雲が
いた

山峡の褥
吃音の夏

朝食に添えられた
瓜の浅漬け

「時」はそこから始まった

記憶する雲
記憶される雲

眺める樹
眺められる樹

よく似たひとが通って行く
橋の袂で待っている
ひと　と

そのひとは谷を下って
雲の生まれた場所へ
行った

雑草の
露となって
日を過ごした

小さな風の
ボタンをはずし
幼い雲と　語らいに

（全文『岬の向こうに』）

小道の脇の

小道の脇の
草むらにその人はいた
あたたかな春休みの午後
小学生だった私の
近づいていく気配を察して
その人は声をかけてきた
目が見えない人だった
「君はどこの子」

私は　私の家の屋号を言った
「そうか」
妙に納得したその人の態度が
私にはとても不思議だった
目が見えないのに分かるなんて
その人は私に
いくつもの質問をしてきた
一たす一は　二でも　三でもない
そんな質問ばかりだった
なんて知恵のある人なんだろう
目がみえないとは
そういうことなんだ
私は西の空が夕焼けに染まるまで
その人のそばにいた

ながい時を経て
私はいつからか

その人はまた現れるかも知れぬ
そう思うようになっていた

小道の脇の哲学と
草の匂いを抱いて現れるだろうと
遥かなる人よ
私の
小道の脇の聖堂よ

（全文『岬の向こうに』）

詩集『岬の向こうに』の「岬」という言葉は、佐渡の海をみてきた私にとっては得も言われぬ詩情をわきたたせる。

両津湾の反対側には真野湾という遠浅のおだやかな海があって、それを囲むように二見の岬と小木の岬が対になってながめられる。

小木のほうが、直江津港路もあって開けているが、私は二見の岬がなぜか好きである。かつて、その町は漁師相手の女郎の家並みが続き、今でもその家々の、突き出た二階部分は格子の連子窓（れんじまど）のあとが残っていると、佐渡在住の友人に教えられた。

島の女性の悲しい歴史に思いを馳せ、こころが曇ったのを思い出す。

六月に入って、新保さんから、佐渡に新穂町出身の詩人高野喜久雄があって、十五年前に逝去されたが、その足跡を訪ね、二度新穂に行かれているとのお手紙をいただいた。

晩年、その高野の詩集がローマでイタリア語に翻訳され、現地の賞を受賞されたそうだ。詩人高野は、上越市で高校教師をされていて、新保さんの詩兄なのだそうである。

高野喜久雄没後二年、「蓮の花コンサート」を開催され、千三百人もの聴衆が彼の作詞した「みずのいのち」を合唱されたそうである。

その折に、真野町在住の山本修巳氏もご参列されたとのことだった。

この世はふしぎな縁でつながっている。

書くことによって未知の世界、未知の自分を発見すること。

詩は発見であると教えて下さった新保さんに感謝の念でいっぱいである。

＊　詩集『朝の行方』新保啓　二〇一九年九月三十日　思潮社刊

＊　詩集『岬の向こうに』新保啓　二〇一八年十一月三日　書肆山住刊

詩集『独り寝のとき』奥田和子さんとの交友

一度もお目にかかったことはないが、私のなかでは大切な存在の詩人の一人である。奥田和子さんのお名前を知ったのは今から二十余年前、住んでいる多摩市内の図書館で詩のコーナーにその著書詩集『靴』（一九九九年　編集工房ノア発行）をみつけたときからだった。亡くなったご夫君の靴を題材に、情感あふれる描写、まさにみずみずしい現代版相聞歌で、どんな方だろうと私のなかにその名前は刻まれていた。

それから十五年ほど経ってまったく偶然に、詩誌「東京四季」の親戚のような「季」（舟山逸子代表）を知ることになり、その同人に奥田和子さんがいらっしゃるのを知った。「東京四季」は二〇一〇年から同人として参加させていただいているが、そのご縁から関西の詩人で構成される詩誌「季」に出会った。

一二〇号に達する「東京四季」の始まりについて触れておきたい。

戦前から戦後にかけて堀辰雄や丸山薫、三好達治といった詩人によって作られた「四季」があり、それは八木憲爾、丸山薫が主宰する「第六次四季」の発行まで続いた。

詩人丸山薫の死去とともに、仏文学者桑原武夫が「これで四季の名前を使うことを終了しよう」と提唱されて、それは守られて現在に至っている。「東京四季」はそんな「四季」を愛し、その流れを踏襲しようという市井詩人たちで作られたのが始まり。「東京四季」は詩人畠中哲夫氏、「季」は舟山逸子さんのご尽力で今に至るまで、主知抒情の灯が消えずに脈々と継がれていると、入会時、伺った気がする（九八号から参加）。

畠中哲夫氏のご令嬢畠中晶子さんも九七号から同人で入られ、俳句にも造詣が深いので懇親会では幅広いお話をお聞きできて楽しい。幼いころ、三好達治に抱っこされた話はほほえましく聞いた。タゴールについてお詳しい神戸朋子さんも会にはおられて学ばせていただいている。

「野火」で育ってきた私は「東京四季」で高木瑞穂、萩原康吉、山田雅彦、栫丸俊明、瀧本寛子の編集スタッフのおおらかな腕のなかで、物おじもせずのびのびと詩を書かせていただいているが、どれほどご迷惑をおかけしているかと恐縮しているのが本当のところである。

関西の「季」の舟山逸子さんを通じて、二〇一五年に出版された奥田和子さんの詩集『独り寝のとき』を入手できた。
「あとがき」にあたる「おわりに」の項に、

　馬子にも衣裳のような装丁ではなく　こざっぱりと読んでいたら　すり減って消え失せた　そんな一冊にしたい

とあり、謙虚なお人柄を思った。
表紙を開いたらお手紙が入っていた。

雲間に青空が浮かび　うれしいです
どんなお方様でしょうか
この詩集をお読みくださるのは
きっとあじさいの花のような
お方でしょうね
私は　あじさいが一番スキです
おともだちになりたいなあ

じゃあ

なんて素敵な感性の方だろうと私はうれしくなった。

きっと周りにおもねることなく、しっかりご自分を持っておられる方なのだろうと推測した。

温度差

しじみの鍋を
覗き込んでいると
せからしいのがいて
「はいっ」と
はじけるように手を上げる
自信なげに　じわっと
手を上げるのもいる

みなが上げるのを見計らって
キョロキョロ
押し切られて

半分上げたり　下げたり
するものもいる

遺言

誰からもほめられず
たどりついた
棺に
やれやれと
ひとりごとを
つぶやきながら

横になる

横向きに寝かせてください
無作法ものが
めんたまむいて
覗き込むから

どんな顔やと
興味本位に

覗くな
そっとひとりにしておいて

切り身の不運

二切れ　八百円

相方とペアー
パッケージ入り

客がやって来た
手にするなり
また投げた

わたしがなにをしたのか
相方が少しばかり小さめ
それだけで　こんなに
めまいがするほどに

捧腹絶倒したくなるほどユーモラスな詩。

パッケージ入りの切り身の大きさなど気にしたこともないし、それをポンと投げ出すことで、切り身が目をまわすなんて考えもつかなかった。

奥田さんの人間味が見え、楽しくなる。

でもこの方のすごいのは、四十歳で詩を書き始め、関西四季の会で杉山平一先生をみつけて、ぐいぐいそのふところに入って行かれたことである。

そしてご自身の詩集『靴』に杉山先生のイラストを二十七もカットとして入れることを、許されたのだった。

詩人がのちに奥田さんに出した手紙には、「本人にすればうれしく共振する味方を得たようにはげまされるものだった」そうである。

杉山平一氏は、東京大学で美術を専攻していらしたと聞こえている。

奥田さんには、毎号私の所属する同人詩誌「砧」「東京四季」を送らせていただいているが、そのつど、つたない私の詩について感じたことや批評を書いて下さって、その表側は、かならずご自身で撮られた写真絵葉書であった。

その写真は、あるときは新幹線車窓からの風景だったり、名古屋での講演のお仕事に出向き、キャッスルホテルで朝を迎えたとき見た名古屋城であったり、ハロウィンの日、芦屋のJR駅で、保育園の子供たちの写真仲間になってとんがり帽子をかぶって、両手を広げているものだったりした。

桜の古木の根元近くにふっと咲いた桜の花のつぼみだったこともあって、気がついたら、私は詩への批評以上のさずかりものをしている、この世で一番の果報者であった。

「書き手とは別の『これは良い詩だ』と本気になって言う人があって、はじめて詩が詩になる」という詩人長田弘氏の言を私は大事にしている。

詩を読んだり、書いたりするのに馴染みのない人たちからの「感動した」「発見した」というまっさらな言葉がいちばんうれしい。

詩に縁のない人が読んだとき、感激していただけたり、変化がおきたらそれだけで十分で、一つの作品にのたうちまわった時間のことなどすっかり忘れるのである。

私は、詩は読み手によって完成される、と感じている。

私の書棚に、最近異色な本が加わった。

奥田和子さんのご著書『食べること生きること——世界の宗教が語る食のはなし』で、このことは、たぶん奥田さんの知る由もないことで、私が編集工房ノアに頼んで入手して折々に拝読している。

世界の宗教の正典、教典をひもとき、遠い昔に生きた人々の食の原風景をたどり、食べる意味と食べ方の英知をさぐったもので、浅学な私にはこなすまで時間がかかりそうであるが、コロナのおかげでできた時間を費やそうとわくわくしている。

また、そんな素晴らしい方が、私のつたない詩を読んで下さることに襟を正してもいる。

＊

詩集『独り寝のとき』奥田和子　二〇一五年八月二十五日　ミヤオビパブリッシング刊

萩原康吉さんの詩集『停車場』と『郷』

詩誌「東京四季」には、山田雅彦、舩丸俊明、高木瑞穂、萩原康吉、瀧本寛子の五名のしっかりした編集スタッフがおられて、全国二十四名の同人は年二回の締め切りに、自身の原稿を送付するだけで、校正も編集も五名の士にゆだねていれば詩誌ができあがるのだが、逆に自己完結の厳しさを感じ、原稿送付まで何度も推敲を重ねてしまう。

歴史ある「東京四季」には、九八号から入会させていただいた（山田雅彦さんからお誘いを受けた）。

二〇一〇年五月、「東京四季」の懇親会がアルカディア市ヶ谷で催され、新入会員なので、生来の出不精を振り切って参加させていただいたのが「東京四季」の方々との出会いであった。

温かな雰囲気で、気後れすることもなく、気づけば十年経ってしまっている。

その折、詩集出版元（土曜美術社出版販売）では絶版になっていた萩原さんの『停車場』を、執筆者のご本人から頂戴し、読みたい本に出会え、とてもうれしかったのを記憶している。

詩の雑誌「詩と思想」誌上でも好評でぜひ読みたかったので、注文したが絶版と言われがっかりしていたからだ。

侘び助椿

春に先がけて
侘び助椿の花がさいている

遠い日
心惹かれたひとのように
楚々とした　花

牡丹の花のような幸せもあるが
侘び助椿のような　幸せもある

十五夜

縁側にススキを飾り
手作りだんごと
梨と柿の実を供えた

庭に出てみると
いい月が出ていた

何年ぶりの月夜だろう

こんな夜は
なにもいらない

なんにもいらない　と思う

抒情詩のお手本のようなこの二つの詩は、萩原さんをよくあらわしている。

懇親会で、ご一緒する萩原さんは、いつも白のワイシャツにスーツ姿できちんとしておられ、けっしてご自分を前に出そうとしない謙虚なお人柄の大先輩である。

いつだったか、懇親会のあと、四ツ谷駅に向かう横断歩道でたまたま並んで歩いていた萩原さんが、ふっと「きれいですね」と、夕日を受けてキラキラ光る街路樹を指してつぶやいた。

それはまるで街路樹に遠い空からキラキラと星が下りてきたかのような、息をのむほどの光景で、「ほんとに……」と答えながらその一瞬の見事な美しさを私はこころにやきつけたのだった。

萩原さんは、そんなやわらかな視線の持ち主なのである。

何気ない自然をありのままに受け入れ、こころのなかで浄化させ深く表現する作風は誰にも真似できるものではない。

この詩集『停車場』で、もっとも秀逸と私が勝手に感じた作品を紹介したい。

冬の月

遅い野道を帰って来ると
月が出ていた

社の森も
村の家々も
すっかり寝静まっていた

私はどこから帰ってきたのだろう

野の真ん中で
真冬の月を見ていたら
家族でも
友だちでも
恋人でもない
どこかもっともっと遠くへ帰りたい気がした

二〇二〇年六月、詩集『郷』が刊行されたのは「東京四季叢書2」としてである。「東京四季叢書」シリーズの1は瀧本寛子さんの『六月の魚』で、詩集作りの申し込みは、この後続々とあるらしい。

前述の詩集『停車場』以来、十一年ぶりの詩集である。

詩集『郷』は、三章立て二十九篇からとなっている。

一章は、季節の移ろいに、他の詩人の想いと自身のそれを重ね、時間の流れに題材をとっている。

二章は、詩人をめぐる空間。山鳩、イトトンボ、ねじばな、蜥蜴、白鷺、法師ゼミに静かなまなざしをそそぎながら、生死をみつめる。

三章は、祖母や父、孫、妻、母など詩人をめぐる人たちに題材をとったものである。

ある時

用があるわけではないのに
隣の村に行ってみたくなった
歩き出すと　じきに鷺に出会った
鷺の首の
何というしなやかさ　危うさ

少年の感受性では追いつけない
それは愛の深さのようでもある
（中略）
秋の光が美しいので歩いてきたのだが
誰とも会うことはなかった
別に会いたいと思ったわけではないが
会わないとどこか寂しい気もした

人は光が美しいと
内臓が億年の昔の記憶を思い出すのかもしれない

この村にも
ありふれた一日一日が過ぎているに違いない
鷺もバッタも命の法則に従って生きているに違いない
そう思うと
ふと横道にそれてみたくなった

一つの風土に永く暮らせることは、考えようによっては幸せなのだが、流れる時間の単調さにふっとはみ出てみたくなることは誰にでもあるのではなかろうか？

父祖の地で静かに生きてきた萩原さんの詩には、横道願望がよく書かれるが、彼は詩の世界で自在にそれをなす術を知っているから、本当は収まるべき場所で一人黙して生きることに、不満を持っているわけではない。

引っ込み思案で人見知り、寂しさを胸の奥で友にしてきた萩原康吉さんの詩の境地はこれからますます深く、透明になって行くだろう。

『郷』の中で、私の好きな詩を一つ。

永遠のなかの一瞬を見事に描いている作品である。

田舎のお店

近くの
小さな店のドアが開きっぱなしなので
その音が鳴りやまない
どんなお客が来ているのか
主はどこへ行ったのか

午後の
秋の陽の光がまばゆいので
障子の内側で
便りを書きかけたまま
私は
その音が気になって仕方ない

お地蔵様でも立ち寄っているような
そんな気がして

＊　詩集『停車場』萩原康吉　二〇〇九年初夏　土曜美術社出版販売刊
＊　詩集『郷』萩原康吉　二〇二〇年六月二十日　揺籃社刊

福間健二詩集『休息のとり方』

新型コロナウイルスの猛威が深刻化し、人と人が会わなくなった日々に、この先に待つ変化を思いながら、構想された五十九篇の詩集である。

著者は、東京都立大学名誉教授であり、翻訳家であり、映画監督という顔を持つ。詩人としても、東日本大震災の年に刊行された詩集『青い家』は、萩原朔太郎賞、藤村記念歴程賞を受賞して、高い評価を受けている。

一九四九年、新潟生まれ。現在七十二歳。

戦後生まれのあふれんばかりの才能に充ちた福間氏の詩集との出会いは、私の長男経由であった。

私の父は、出版社に関わりの深い人間であったが、その孫である私の長男も出版社を経営していて、そこから二〇二〇年六月刊行された本という縁であった。

1、階段の魔物　二十一篇
2、この世の空　二十篇
3、休息のとり方　十八篇

から成る五十九篇は、サークル詩や商業誌に馴染んでいた私の目にいきなり他の星から使者があらわれたみたいな感覚で新鮮にとびこんできた。

あとがきには、「二十世紀、あるいはこの国でいう戦前・戦中・戦後という過去の時間に挑みながら、この今日とこの先に待つ変化に『耐えうる』という以上のものにしたいと願った。／五十九篇をただ集めて並べたというものにはしたくなかった」とある。基本的に人と会わない日々のなか、三部構成のそれぞれ、落ち着くところは落ち着いて、急ぐところは急いで、なによりも気持ちとしての「自然な流れ」を作ることをめざしたそうである。

詩が一人の人間の生きた歴史の一コマをあらわすものであることは明白なことだが、福間氏の詩は自在に時間を飛び、空間を跳ぶ面白さがあって、表現する楽しさを心得ている詩人だと感じた。

かつて詩人は世間的に、不幸でどこか欠けた人という見方がおおむね流布していた。

現代は、内容の深さ、高さに関係なく誰もが言葉を使って、思ったこと感じたことを、自分に向かってまたは他者に対して表現できる時代である。

日本で唯一、巷でその書く詩が売れる詩人が谷川俊太郎氏であるが、彼は写真を撮るのが好きで「写真家」としての仕事の代表作『絵本』『ＳＯＬＯ』もある。

その彼が「詩は、目の前に立っている一本の木からも生まれる」という。

詩人は見えないものまで視えてしまうので（たとえば、太陽のもたらした今朝の光が人知の及ばない長旅をしてきていることとか、青空のずっと向こうは漆黒の闇であるとか見えてしまう感性をそなえていたりする）、現実生活のなかでは切り替えないと、生きづらい部分もあるのだが、福間さんはまっすぐ自分をみつめ表現できる健康な詩人なのだと、私はとらえた。

谷川さんが自身の感性をまるごとさしだしても、大衆に受け入れてもらえるように、福間さんもまた、等身大のありのままを書いたものが詩になっている高いレベルであることに私は絶句し、勉強になった。

階段の魔物

階段をのぼる
「あいつら

そんなことよくできるな」
どのへんかな
いつかバケツの塩を撒いてしまったときの染みが
まだ消えていないはずだ。
人であるぼくのなかでは消えたものがある。

必然として次はおりることになる。
素直におりて
気配だけの雨で黒ずむ路面を見た。
さっきはいなかった人が
まだ人であるためになにか言っている。

「聞こえたら返事をしろ」
そんな注意をされてきた
人生の
宿題を思い出させる階段だ。
わかっている。聞こえている。人ではなくなろうとするものに雨は本気で降る。

いつもそうだ。階段は
人の目が機能しないときだけ
急に進化する
魔物の笑い声がひびいて
「怖いから
抱いて」
その夜
ぼくはなにか書いていた。ぼくはいつもなにか書いている。

必然としての
散らかった部屋。その描写の大変さ。
トレイニングが足りない。
掃除はまだしない。宿題も手をつける気にならない。

銀座

三月、片付かない仕事のことを忘れて
ある画家の
絵を銀座で見た。
絵の具をぶあつく盛りあげて
なんでも真っ黒にする。
そういう時期と
そうでもない時期があって
いまはもう描いていない。

その画家について
友人が長い文章を書いていて
それで見にきたのだ。

見て、考えて、それから通りに出て
桜の木を見た。

（中略）
画家はまだ生きている。
画家のことを書いた友人は病気をして
恢復したが
いまちょっと言葉が不自由だ。
「思っていること、ちゃんと言えない」
と言われて
思ったこと、ぼくもちゃんと言えなくて
見知らぬ人たちのなかにいる。
生きている。立ち止まれない。前に進む。

銀座、いまはこうなのか
と消えた店のことなど
妻と話しながら。
福島出身の
二人のおばあさんがやっている
京橋のやきとり屋「大虎」はまだある。

開店まであと三十分。

福間さんの詩には、人の名前がよく出てくる。新井さん（新井豊美）、せっちゃん（宮尾節子）、水島先生（水島英己）、横木くん（横木徳久）、荒川さん（荒川洋治）、のような知人もあれば、架空の人物もある。彼にいわせれば、彼は詩を一人で書いているのではないそうだ。詩人は孤独であるほうが、作品にはにごりがなくて読み手も感じ取りやすいととらえてきたが、そうでもないのだと理解した。人間として包容力のある人懐こい福間さんの詩を繰り返し、読んでいる。

＊　詩集『休息のとり方』福間健二　二〇二〇年六月一日　而立書房刊

池田瑛子詩集『星表の地図』

いつだったか、どの文献だったか思い出せないが、北陸在住の詩人池田瑛子さんの詩「梅の木」を拝見して、しっかりとした詩を書かれる方だなあと、印象深く残っていた。私も別の角度でふるさと佐渡の古寺にある「梅の木」を書いたことがある。私の「梅の木」は、池田瑛子さんの「梅の木」に触発されてできたといっても過言ではない。

梅の木

何歳になったのだろうか
草を生やす厚い苔に覆われた幹
無数に枝分かれした枝々

実家の庭の年老いた梅の木
洞のなかに　聴いてきた歳月の
遠い海鳴りが響いている

玄関先のその木の下で
賑やかに　記念の日は撮られ
ひえびえとした青春　佇んでいたことも
木に来る鳥たちを懐手して見上げていた父
嫁ぐ朝　肩に触れた枝の感触をいまも覚えている
梅雨の葉群れに生ったふくよかな実は
母の手製の梅干しにされ
ロサンゼルスに住む妹のもとへ
海を越えて　送られ続けた

母が亡くなり空き家だった頃
誰もいない家を見に行った私に
かけ寄ってくれた微かな香り

胸にこみ上げた　満開の白い花
根はどんな土に深く繋がっているのか
去年　雪で折れ下がった枝を支えておいたら
縛られたままの枝先にも花を咲かせた

梅の木の夢路に
通り過ぎていった家族の影は
映ることがあるのだろうか
雪晴れのきょうは　立春
びっしり並ぶ赤いつぼみが息を整え
呼びかけを待つ瞼のようだ

（全文『星表の地図』）

家族の歴史を見つめてきた古木、今は、その中心だった母親も亡くなり、木にくる鳥を見上げていた父もいない。

この家から嫁いだ作者は、空き家になったかつての住まいを見に行く。梅は今もかわらずかすかな香りをさせ、寄り添ってくれる。

通り過ぎていった家族の影は、この古木の夢路にどう映っているのだろうか？

梅の木をめぐる時間。

そのとき、何気なく過ぎて行った時間の尊さ。

作者の脳裏には、一瞬一瞬に通り過ぎてしまったものが、しずかに古木の背後に堆積して立っているのがよくわかるのだ。

日々の暮らしをていねいに過ごしているからこそ生まれる詩で、詩作のお手本にしたいと、コロナ禍のとじこもりの中で、何度も読んでいる。

この『星表の地図』は、二〇二〇年春出版のできたてほやほやの詩集。そのなかに幸運なことに「梅の木」の詩も入っていた。

私から「読ませてほしい」と池田さんにお願いして、雪の立山連峰の見える北陸からお送りいただいたのである。

詩を書き続けてきたおかげでつながったことをどれほど感謝していることか。池田さんもそのおかげで私に手紙を書いていることを喜ばれていると謙虚に言って下さった。

コロナ禍のおかげで、気になっている詩人とつながれてこんなうれしいことはない。

うた（涙そうそう）

ゆったりと
波打つように
ひびいてくる
かすかな　低い声で

身体じゅうを耳にして
聴き入った
温かい血が巡るように
わたしの身体を
声は　通ってくる

伝えられた　二歳になったとき
言葉を話せないかもしれないと
暗闇へ投げ込まれ
どのように受け止めていけばよいのか
幾度もわたしたちは試されてきた
半年前は　命が危ぶまれた

六歳になっても鸚鵡返しでしか話せない
　あの子が歌っている

お身内のお子様のことだろうか。

神様がもし、この世でたった一つのことをかなえて下さるなら、他には何もいらないからこの子に、人と人をつなぐ言葉をあげて下さい。苦しんだ分だけ、その発する言葉は美しく、何よりも無言の深みをわかっているこの子が、「涙そうそう」を本物の言葉として発出したのだけれど、自分のペースでゆっくりと言葉を貯めて、ばあばやじいじと「うれしい」「ありがとう」などとこころを通わせてほしいと、他人事ながら私は祈ったのだった。

約束

二十年後　あなたの誕生日に逢いましょう
秋の彼岸に生まれたから
御廟へのぼる坂道には
彼岸花が咲いているでしょう

優しい眼差しの青年になっているのね

わたしはこの世にいないけれど
逢いにいくわね
諏訪神社の境内に
千年以上も立ち続けている大欅の下を通って
（昔は漁に出た船が目印にした木よ）
紅葉しはじめた葉が浜風と話すのを聴きながら
子供の頃から彦助の浜と呼んできた浜辺へ
きっと　わかるよ
砂浜に腰を下ろして
水平線を行く船を
立山連峰を見ましょう
言葉をうまく話せないあなたが
はじめて歌って驚かせた
「涙そうそう」を一緒に歌おうよ
新幹線の二時間は無理とドクターストップだったから

ことしも連れて行くことができなかったけれど
その頃は元気で旅行もできるでしょう
（中略）
その日が穏やかな秋の日でありますように

諏訪神社の境内に立つ千年樹、彦助の浜、立山連峰などの豊かな自然の中をただよう時間。他の人より遅いけど、一生懸命言葉を貯めて「涙そうそう」を歌えるようになった少年。もう自分はあちらの世界に行っているかもしれないけれど二十年後に再会しようと約束する作者のまなざしの先を思って、私は泣いた。

言葉がたくさん貯められなくても、そこにいてくれるということが、どんなにありがたいことか。存在するというだけで、周りは幸せなのを少年に伝えたいと真剣に思ったのだった。

人は、他者より秀でることが立派とかすばらしいというのではなく、そのままの素直なありのままの人間性が、時として他者をしゃんとさせるのではないかと思われたのだった。

帰ってきた『獨楽』

会が終わると
待っていた一人の女性から
ブーケと詩集を渡された
懐かしい高野喜久雄詩集『獨楽』だった
ほっそりした可憐な娘さんとお母さん
我が家を訪ねてこられたことがあった
あれから四十年が過ぎたという
詩集を貸してあげたことも忘れていた

薄い和紙に包まれた詩集は
赤茶けてぼろぼろ　いまにも崩れそう
取り出して　表紙をめくったら
溜息をつくように　ちぎれた
長い旅から帰って安堵したのだろうか
（後略）

四十年経って戻ってきたことより、私は、詩集の作者高野喜久雄の名前に釘付けになった。詩人高野喜久雄は、佐渡新穂の方で佐渡に稀有な詩人がいたということを、新潟県上越市在住の、尊敬している詩人新保啓氏から、教えていただいたばかりだった。

私の両親が佐渡の人なので、疎開した幼少時と思春期の一時期を佐渡で暮らしたことのある身にとって、島の風土と歴史が自身の形成にかなり濃く影響していると自覚している。そのことを誇らしくも思うのだが、高野喜久雄の名前は、今年に入ってから他の文献でも目に入ってきていたから、びっくりしてしまった。

思潮社に問い合わせたが、彼の詩集は絶版とのことだった。

きっと詩情あふれる佐渡の風土から生まれた詩集は、読み手のこころをふるわせていたに違いない。

お会いしたことのない『星表の地図』の著者池田瑛子さんにこころからお礼申し上げたい。

＊　詩集『星表の地図』池田瑛子　二〇二〇年春　思潮社刊

じっと視ている眼

詩人鈴木亨追悼

鈴木亨先生の名を認識したのは、昭和四十一年一月に、高田敏子先生が、隔月刊の詩の投稿誌「野火」を創刊され、私はその詩誌の第一号から終刊一四〇号までの会員だったので、高田先生の詩友、安西均先生、伊藤桂一先生、菊地貞三先生とともにおられる存在ということからだった。

「野火」に投稿するだけで精一杯の私は、例会に顔を出したのも第一回と、最後の百四十回目というていたらくだったから、これほどの大詩人がご指導下さる会合に顔を出さなかったことは、諸事情があったにせよ悔やんでも悔やみきれない。

「野火」終了と平行して、「多摩野火」が「砧」として再スタートする折、入れていただき、「砧」の命名者である鈴木亨先生に初めて私はお目にかかった。

平成元年であった。

1990 年 1 月 9 日 「砧」創立時　府中グリーンプラザ　前列左より　来栖美津子、小網恵子、倉田史子、鈴木亨、北畠明子、小町よしこ。後列左より、麻生昌子、柳久栄、芳田玲好、松井さかゑ、竹内美智代、市村博子、村尾イミ子、根本資子、斎藤利江、内田恵美子　（撮影／牧陽子）

さながら求道者の雰囲気の大詩人に、近寄りがたいものを感じつつ、その底に人も訪れない山奥の湖のようにしーんとしたものがあるのを感じた。

「詩人の仕事は、自分の眼でじっと視ていること」と思っているが、まさに、その世の中をじっと視ている眼がめがねの向こうにあり、言葉もなかったのを思い出す。

　小平で、野口雨情の墓があるのを機縁に「雨情祭」にも、お力をそそいでおられたが、先生は詩人であるがゆえに常人よりもはるかにお疲れになることも多かったのではなかろうか。

　下戸でコーヒー嫌いのわたしに
あてがわれるのは

1999年10月　ありし日の鈴木亨先生

トマトジュースか昆布茶ぐらい
けれどもわたしは　ここで自由だ
最後には　鮫島有美子の童謡・唱歌を
集めて贈ろう
七つの子・赤い靴・砂山……

（「宇都宮ルネッサンス」部分）

毅然とした声楽家鮫島有美子は私も好きである。そのことが今は妙にうれしい。

孤高の大詩人の訃報は、十、十一月と滞在したシアトルから帰り、一週間後、兄の急逝で佐渡に帰った直後に家人を介して知った。うかうかして、かげながら尊敬していた先生にお目にかかれなくなってしまった。またしても悔やみきれない思いで、途方に暮れている。

（「砧」三六号　二〇〇七年五月）

「伊藤桂一先生をしのぶ会」に出席して

兵士の眼で戦争を書き続けた作家で詩人の伊藤桂一先生が昨年（二〇一六年）十月二十九日に他界された。

お住まいの神戸・エレガーノ摩耶で内々のご葬儀があり、十二月七日には大津市義仲寺でお別れ会が執り行われた。

晴天に恵まれた四月二十三日、「伊藤桂一先生をしのぶ会」が、神田・学士会館で催された。当日の文学関係者の出席者は約百五十名。そのうち五十名は「野火」同人たちだった。

伊藤先生は詩人高田敏子の「野火」に安西均、鈴木亨、菊地貞三氏等と創刊から協力しており、敏子亡きあとも、「野火」の孤児を暖かく見守って下さった経緯がある。

山田隆昭氏とともに心のこもった司会を務めた竹内美智代氏も「野火」におられた方で

2003年9月2日 「砧」例会に伊藤桂一先生をお招きして 前列左より 紺野あずさ、住吉千代美（伊藤夫人）、伊藤桂一、来栖美津子。後列左より 倉田史子、根本資子、市村博子、水野浩子、大城友子、芳田玲好、小町よしこ、村尾イミ子、横山せき子 （撮影／山本みち子）

ある。

実行委員長を務められた詩人の新川和江氏が、「仏の伊藤と言われていたが、本当に優しい方で今もそこにお座りになっているような気がする」とご挨拶。

続いて日本文芸家協会理事長の出久根達郎氏が、「作家はお墓も持てない人が多かったため協会が、富士山麓に霊園を造ったが、伊藤さんはずっとその墓守をされてきた。私にとって慈父のような人だった」と述べられた。

高橋千劔破氏からの挨拶のあと、菊田守氏から若いころの思い出が語られた。

休憩が入り、その折に、作品を通じ名前を存じ上げながらも当人にお会いするのは初めてという出会いがあったのは私にとって望外の喜びだった。東北や九州

1999年10月2日　伊藤桂一先生

からの詩人も参加していたからである。

第二部に入り、ご来賓の平澤照雄氏の音頭で一同厳粛な雰囲気のなか献杯をした。

その後、詩人の八木幹夫氏が「『静かなノモンハン』を読んだ衝撃は忘れられない。戦争の過酷な本質を描き切った最後の戦記文学ではないか」と語られた。

また、文芸評論家の郷原宏氏も、「庶民感覚に裏打ちされた短編時代小説捕り物帳は、伊藤先生ならではの世界だった」とその文業をたたえられた。

野田明美氏から思い出話と詩の朗読があり、「花筏」編集の遠藤昭巳、「馬車」編集の春木節子、「花筏」同人の在間洋子氏が壇上でお作品朗読。在間氏は先生の短歌二首を朗詠された。

最後に妻の千代美様がお礼の言葉に続けて、「部屋に蚊やハエがたくさんいるので、殺虫剤でシューッとやったら、びっくりして、とても悲しい顔をされた。生きとし生けるものすべてに優しい人だった」と、在りし日の暮らしぶりを話された。

以倉紘平氏の閉会の辞では、先生の一文の紹介があり、「文は人なり、文章はその人格をあらわす」という先生のお言葉に首を垂れた。

ご供養の末席に身を置けて深謝以外言葉はみつからない。


（「砧」五六号　二〇一七年秋）

Ⅱ

日本のソロー

『木葉童子詩経』　四尾連の森の詩人野澤一

令和元（二〇一九）年のとある日、友人長野富子さんから「詩は門外漢なので」と分厚い箱入りの立派な詩集をお預かりした。

友人のご夫君と、詩集著者のご子息野澤俊彦氏とが勤務先がご一緒だったという旧いご縁で長野氏に贈呈されたものらしい。

八十年以上前に発表された詩集。

旧かなづかいで書かれ、現代詩を読みなれてきた私にはかなり難易度の高いものである。

『木葉童子詩経』は、昭和九年四月十日発行。

著者・発行者は、野澤一。

四六判上製、本文二段組み、二四二ページ。
昭和三年に始まり、昭和八年に下山するまで、湖畔の丸太小屋での生活から生まれた詩集。
「象眼篇」四十二篇
「木之葉童子之歌」六十三篇
「しびれ湖篇」二十三篇
「随縁消日月」五十八篇
で構成されている。
野澤一が昭和三年から住んだ四尾連湖（しびれこ）というのは、「甲府盆地の南、標高一一七〇メートルの山中にある湖で、往古は富士火山をめぐる湖沼として富士八湖（山中湖、河口湖、西湖、精進湖、本栖湖、泉水湖、妙見湖、四尾連湖）の一つに数えられていた」（一瀬稔「野沢さんのこと」、野澤一詩集『木葉童子詩経（復刻版）』コールサック社、別冊解説P19（以下「詩集解説」と略記））カルデラ湖である。
標高八五〇メートル、甲斐の山懐に抱かれた周囲長さ一二〇〇メートルの小さな山上湖は周囲の雑木林が色づく秋は、湖に紅葉が映り込み絵のように美しい光景となる。

落ち葉を踏みながら、ゆっくりと土の道の散歩を楽しむことができる。

四尾連の湖名は、地元に伝わる湖の神が「尾崎龍王」という龍神であり、四つの尾を連らねた龍が住んでいるという言い伝えであることが由来であり、湖にほど近い小字も四尾連である。

雨乞い信仰の湖としても知られ、牛馬骨を投げ込んだ祈雨祈願が行われていたという。流入する河川もなければ、流出する河川もない内陸湖で、湖畔には現在ではキャンプ場が設けられている。

（湖畔はキャンプ場を管理している水明荘または龍雲荘の私有地であり、指定された有料駐車場以外の駐車は禁止である）

野澤がこの四尾連湖の北岸に掘っ立て小屋を建てて独居生活を始めたのは、昭和四年の春ごろ、二十五歳のときである。

当時、法政大学本科政治科三年だったが、中途退学をしてこの四尾連湖畔に隠棲してしまった。

隠棲のきっかけを作ったのは彼の法政時代の友人で、大正十二年関東大震災の翌年、夏休みに赤城山の山小屋を借りて、野澤一と自分の弟と三人で数日を暮らした清水泰夫である。清水によれば「この山小屋は後年スキーの猪谷（千春）選手を生んだ、当時大沼湖畔の唯一の猪谷旅館、白樺の樹林の中に建てられた十棟ほどの丸木小屋であった。」（詩集解説P46）という。

清水は野澤の印象を、「素朴な風来坊といった感じの男でおそろしいほどに声が大きくて美声だった」と語っている。

彼らは「猪谷旅館」のコテージで三泊の山野生活を送った。

朝霧が湖面を流れるなか、野澤は美しい声で、樹海の向こうの広い空間に向かって、「エーデルワイスの花」や「山男のうた」を朗々と歌い続けたという。

その夏休みが明け、九月の新学期、学校で待つ清水泰夫の前に野澤は姿をみせなかった。清水と野澤の付き合いはいったんそこで途切れた。

大学予科の二年の夏休に、赤城山で私に別れて横浜に帰った彼は、山の魅力を忘れかねて、少年時代を過した山梨県の祖母の家に帰って、再び、横浜にも東京にも出て来なかったのである。（清水泰夫、詩集解説P47）

赤城山に行った翌年の秋には、野澤は山梨県勝沼の山腹にある番小屋に二カ月間一人で住んでいたことがわかっている。四尾連湖隠棲の準備であり、実験だったと思われる。

そして翌年（昭和四（一九二九）年二月）には父親を説得して、学窓を放棄して、単身あの富士の湖水、しびれ湖に山小屋を建てて、そこに住みついてしまったのである。

（清水泰夫、詩集解説P47）

小屋は南向かいの湖を見下ろす斜面の上に建てられたわずか六坪の広さで、山麓の農家の物置を解体したものを、村の老人と野澤のふたりで建てた陋屋だ。

実はその二年後の一九三一（昭和六）年、野澤と入れ違いで訪ねてきた親しい村人（地元の農民、武平翁のこと）の失火によって小屋は全焼し、蔵書や書き溜めていた詩作も消失するのだが、すぐに村人たちの好意で再建される。新たな小屋もほぼ同じ広さの二〇平方メートルほどだった。

（坂脇秀治「自然と生きた詩人」、『森の詩人』解説P116）

そして十年の歳月を経た昭和八（一九三三）年春、突然のように野澤は清水を訪ねている。親友清水泰夫が野澤の口から聞いたエピソードはこうである。

彼は朝と晩には、湖の突端に突き出している熔岩の岬に立って、彼の祈りにも似た、あの美しい度はずれた大声で、湖の面に向って歌いつづけるのが日課となった。（中略）彼の存在は山麓の人々にも、山に仕事に来る里人にも、不思議な存在として次第に知られて行った。（中略）冬はまるで狸のような生活だと彼は言ったが、数米の雪が小屋ぐるみ埋めつくして、煙の出る穴と、人間の出入する横穴と、この二つが外界との通路となって、一切は吹雪や粉雪の中に消えてしまって、彼の出歩く足跡だけが、ここにひとりの人間が生きていることを告げる唯一のしるしとなっていた。

（清水泰夫、詩集解説P48〜49）

四尾連湖周辺で野澤は知る人ぞ知る「有名人」になっていったようだ。

小屋からいちばん近い村の集落まで勾配のきつい山道で一・五キロ、徒歩小一時間の距離だが、野澤は積極的に村人たちと交わっている。

ときには深夜まで話し込んで、提灯片手に帰ることもあったらしい。

原始の生活に入っていった野澤一を誰よりも理解し援助したのは、貿易商を営んでいた父親であった。

山での暮らしに必要な食糧を調達するお金を月々欠かさず送っていたらしい。

大正の終わりごろ、大学に進学させ、卒業前に勝手にやめて家業も手伝わず、読書三昧に暮らしている一人息子に生活費を送り続けた寛大な両親には感心する。

現代の親子なら勘当ものである。

なぜ、野澤一は二十代の若さでありながら、鴨長明のように山にこもっていっさいの人付き合いを断つような環境に身を置いたのだろうか？

かつて、日本人は深く孤独を愛した民族で、平安時代から鎌倉時代にかけて貴族社会では「隠遁生活」が流行した。「孤独な生き方をする人」は当時人々のあこがれだった。歌を詠みながら全国を行脚した西行法師や、五十歳を過ぎて山に入り『方丈記』を記した鴨長明もその一人である。

将来を嘱望された逸材が、世捨て人、風流人となって気ままに生きていたのである。千利休の「侘び寂びの精神」も本来、放浪者、孤独者の発想であることはいうまでもない。人間形成の軸は、「主体性」、「独自性」、「社会性」、「創造性」の四本柱であると、カウンセリングの世界では言われているが、人里離れて山のなかに生きることで、人間を成長させるのは、かなり強い精神力と感性が必要だったことだろう。

野澤一は卒業の二、三カ月前に、アメリカの詩人にしてエコロジストの嚆矢となったヘンリー・D・ソロー（一八一七～六二）のものを読んで感ずるところがあったらしい。ソローは一八四五年七月四日から四七年九月九日までの二年二カ月間、マサチューセッツ州コンコードにある周囲二二〇〇メートルのウォールデン湖畔で独居し、一八五四年、自然暮らしの実践記録と反物質文明論を詳述した『ウォールデン――森の生活』を出版した。

自己を信頼することは単なる空理空論であってはいけない。自然のなかに宿る魂と直接霊的に交流すること、つまりは自然のなかへ己を投げ出してみることだ、という脱合理主義的な考えからソローは実検のつもりで湖畔の一人暮らしを選んだ。

「我々はとるにたらない生活の仕事においまくられて、そのすばらしい人生の果実を手にすることができない」と、物と金に妄執する一般市民を徹底的に批判し、身をもって全否定するための「実地検証」が湖畔暮らしの主な目的だった。

都市文明という強固な現実から離れて自然と交感することで自己の存在証明を貫こうとした野澤一。

野沢一さんの詩を読むと、蟻、昆虫、こおろぎ、蝉、蝿、松虫、蛇、栗鼠、小鳥、頬白等がうたわれており、それらをいとおしみ、一緒に遊んでいる姿が浮かんでくる。

（舟山正泰、詩集解説Ｐ36）

野澤一詩碑建立委員長の故舟山正泰氏の文のとおり、私には生きものすべてに愛情を注ぐ詩人のありようがまぶしくさえある。

彼は「ソローの魅力をその自立への行為におきたい」と書き、「朝早く起き出でて池で水を浴び」「冬の夜ふくろうの声をきくところにある、よたかの鳴きだすのを待つところにある」という実践には真の知慮があると述べ、返す刀で、「もし詩というものが冬の湖から湧きのぼる湯気のように生き生きとしたものでなくてはならぬということなれば、大抵の詩人の机上の文案のような詩などは、都会の本屋の文化くらいのものだ」、「角砂糖を口に入れた味だ」と批判している。

坂脇は「自然と生きた詩人」で、「野澤は、ソローを「まっしぐら」という言葉で評した」と書いている。

蝶々

春の頃や
秋の頃によく
藁屋の前に
蝶々がたのしく舞つて来た
それはほんたうにうれしそうだつた
そこで私は

紙をとつて少し淋しかつたが
「木葉童子　しびれに一人住みて蝶の
　二匹にたのしむ」
と書きつけた

松虫

松虫が庵の中の蚊帳の上で
ないてゐる
きいてゐると夏の夜の
涼しい美しさを感ずる
その青い羽は
まるで洗ふやうに擦合つて響いてゐる
私はこれから水を呑んでねよう
ごきげんよう
可愛らしい松虫よ

寝る前に
お前のその神様の歌を有難ふ

夜の小屋

蟻よ
よく参りたりな
春の夜　ぼくの寝顔を見に来たのかな
蟻よ　よく参りたりな
ぼく　ゆかいにねて
夜の雨を聴いてゐる
蟻よ　よく歩きまはるよ
知るや
汝れの歩めるところは
ぼくの顔にして
あごを渡り

頬をすぎ
鼻のところにためらひて
又、再び頬を下(くだ)るを
蟻よ　知るや
春の夜の床(ゆか)にねて
なれに慰めらるる
この貧しき貧しき人の子を

「構えたところがなく、時に虫や小動物に語りかけ、時に自らの寂しさや涙や夢想を赤裸々に告白し、かと思うと哲理のような深い内省が語られる。その全体が、大人のための童話のようなさりげない味わいを含んでいる」（詩集解説Ｐ４）と詩人で編集者の佐相憲一氏はたたえる。

自らを木葉童子と称するこの詩人は、たぐいまれな勉強家、読書家でもあった。

佐相氏はさらに、『木葉童子詩経』の知的な詩集達成のもう一つの精神的ルーツは、野澤一が自然発生的に限定された意識、無意識だけに頼る書き手ではなく、古今東西のさまざまな文人、芸術家、思想家、偉人、宗教家などの遺したこころの遺産をひたむきに吸収し、己の血肉にしたものであるとし、次のように述べる。

木葉童子は本を読み、まるで一対一でその著者と対面しているような熱い心で対話し、自らの糧にしている。こうした真摯な姿勢は、後にこの詩集がきっかけになって文通することになった詩人・高村光太郎への熱い手紙の伝説にもあらわれている。（中略）森の自然界から学ぶのと同じくらいの熱意をもって、書物の森からも学ぶ詩人であった。（佐相憲一、詩集解説P６～７）

高村光太郎への野澤一の文通は、郵便配達夫もあきれたほどで、二百回にわたり毎日手紙が届いたらしい。

文芸評論家北川太一氏によれば（詩集解説P13～14）、

昭和十四年八月一日から十五年三月三十一日まで二百四十三日。（中略）時には一日に二通もしくはそれ以上書かれた日もあったに違いありません。

高村さんはその熱気に反応するように、「私は此の人にどう感謝していいか分らない。……そしてこれこそ私にとっての大竜の訪れであると考える。私は此の愛の書簡に値しないようにも思うが、しかし又斯かる稀有の愛を感じ得る心のまだ滅びないのを自ら知って仕合せだと思う」と書いたのでした。

ていると昭和十五年発行の詩誌「歴程」に発表した一連のエッセイ「某月某日」のなかで書いているという。

『木葉童子詩経』は昭和九年四月十日発行で、高村光太郎は恵贈されたことについて、同年四月二十五日に礼状をしたためている。

北川氏の文（詩集解説P11）から引用する。

啓上、〝木葉童子詩経〟一巻今日拝受、忝く存じます。以前原稿の御送附をうけてそれぎりになっていた事を思い出しました。其時は丁度妻が危篤状態の際で一切を放擲していた時でした、妻の病気はまだまだ続いていますか（ママ）、今は読書の余裕も出来ました。早速拝読します。（昭和九年四月二十五日）

詩集『木葉童子詩経』が高村の手元に届いたのは、智恵子夫人を九十九里浜に転地させる直前の、あわただしい日々が続いていた時であった。

さらに北川太一氏は、

七年病んで智恵子夫人が亡くなり、時に「私はひとりアトリエにいて／裏打の無い唐紙のように／いつ破れるか知れない気がした。／いつでもからだのどこかにほら穴があり、／精神のバランスに無理があった。／私は斗酒なお辞せずであるが、／空虚をうづめる酒はない。」（「おそろしい空虚」昭和22・7『暗愚小伝』）と回想するそのころの高村さんにとって、それは四尾連湖に棲むという大竜が、高村さんをなぐさめ、叱咤し、勇気づけるために仮に姿をかえて現われたのだとさえ思えたのでしょう。

（詩集解説Ｐ14）

と位置づける。

高村の文章は昭和十八年四月、龍星閣から刊行された同名の随筆集『某月某日』にも収められて、木葉童子野澤一の名前は詩の領域を超え、こころある人々の中に強烈に焼き付けられていった。『某月某日』は十九年五月までに三刷、四万五千部が世に送られている。

光太郎は野澤から二百回にわたって毎日手紙をもらったことを「某月某日」に記したうえで「甲州しびれ湖畔の自然を語る時、彼の筆は奕々として霊火を発する。この詩人の人間に対する愛の深さには動かされた」（「中部文学」野澤一追悼号　昭和二十一年六月号）と絶大な賛美を示している。

高村とは一度も会うこともなく野澤は亡くなったが、お互いの深い心の交流は二人にしか味わえぬ至福のものだったに相違ない。

昭和二十年六月三日、肺浸潤のため、野澤一死去。享年四十二。

文学博士で上智大学名誉教授の村松定孝氏は「（木葉童子野澤一の）父上はわが息子が日本の風景のなかで最も幽邃ともいえる四尾連湖の美にうたれて、その湖畔で詩を書く日々、いわば詩的生活に或る種の意義を見出されていたからであろう」と、父の思いやりの深さを述べている（詩集解説Ｐ31）。

詩人とは真反対の「実業家である父上の体内に或るいは、かつて文学をあこがれた思想がこもっていたのかもしれない。父上は丸太小屋を建てたり、山での暮しに必要な食糧を調達するお金を月々欠かさず送り、それらの物資は四尾連登山口の市川大門駅から村人の好意で馬の背で運ばれたというが、そうした村人の好意のかげには父親の配慮がゆきとどいていたのではなかったろうか」（詩集解説Ｐ31）とする村松氏の考えに私も首肯したい。

木葉童子は父親とはしきりに手紙のやりとりをし、父もときたま山小屋を見舞っている。野澤家には、彼が父親に宛てた手紙の写しが今でも保存されていて、村松氏も「それを見ると親子の間のこまやかな情感があふれていて、ほほえましいものがある」と記している。

「時に麗窓の雪を聴く」

（前略）
童子　ねむたい　もう　ねる
知つてゐる人も知らない人も皆んなおやすみなさいませ
（後略）

真夜中の鼠

ねずみはおひ出すことをせざりし
空行く雲を見送るが如く
ねずみの走るを喜び迎へぬ
山の小屋の土の壁に
影を投げて

音をたてるねずみよ
われをいたはるその音の
音とてはねずみの足音のみ

秋もおそく
雪の近く
ねずみよ
寒からむ
真夜中の可愛ゆき音響者の
ぼくの馬鈴薯(じゃがいも)をかみ
ぼくの米びつに糞(ふん)して
相共に住めるなりける

雪の降る日も近し
いざ　真夜中の騒がしきものよ
寒(つめた)さをふせぎ
藁を集(た)めて

暖かき巣（ねぐら）を作れよ
われも又手をかざして
炉火の城にこもる
山の冬を待ちわびんもの

雑に生きている人間の多い巷で、好意をもって迎えられることのない鼠や蛇に対しての愛情。環境が人間界から孤絶した世界とはいえ、蟻に慰められ、蟻と等身大のおもいやりをかける童子。

野澤一の資質もあろうが、愛情豊かにはぐくまれたことも彼の内面の成長に寄与していただろう。

人間存在の根源にひそむ原始的なものをつきつけられた思いがして、絶句してしまう。

夕暮に

こうして又夕暮がくる
土からくるのか
石からくるのか

植物の芽からくるのか

そうして今日が暮れて又あしたがくる
そうして次々に来るこの夕暮が
一体どうなるのか
どこへ行くのか
（中略）
思ひ出すのは春の来る前の
冷たい夕暮の日に
しびれの湖辺で聴いた雪鶯の声である
天は晴れて
空気は澄み　雪明りの中に
ものみなは光の如くおよいだ
その時　ほのぐらい夕暮を明るくするやうに
鶯がまだ雪のある小楢の枝で鳴いた
その声は湖に響いて
山を渡つた

丘には雪があり
灯は藁屋の中にちらついたが
夕暮は　ただ
ひたすらにこの雪鶯の声を迎へた
そして何が人間の求むるものであり
何を人間の排すべきものであるかを切断し
とうとうとして
この小鳥の声は流れた
冬は晩く
春の初め
あたたかい雪の中に
こんなにも近くこの鶯は
地上にこの夕暮の誕生を鳴きしきつた

夕暮の中にある
夕暮を明るくする「力」と
夕暮を暗くする「力」と

なつかしいしばし落ち行く
露の不思議に
このいのちのしばしを触らしめよ

ああ
人とはこの細く落ち行く
谷矢川の流れに
流れ流れるひとつの流れである
その流れを手にすくへば
この夕暮の
夕暮への信仰は
人を土に還らす日のよろこびをつげる
まことに
最後には
夕暮の中を流れる
ひとつの流れこそ至上である

童子が二十代～三十代でこの詩的生活にどっぷりとつかり、ついに人生の極致に到達したことに驚きを禁じ得ない。

人は流れにすぎないことを、この若さで知ってしまった。自分を童子と呼び感受性は幼児のように純粋、やわらかな自然に身をまかせ朝日とともに起き、冬の夜には森の小屋で一人で雪滴（しずく）の音をしずかに聞く暮らしに不足をおぼえない。

四十二年間の生涯のなかの六年間で童子は、他の人間の数百倍も自然を吸収し、人間というものを味わったに違いない。

だから八十余年経った今も、その作品は清潔感にあふれ洗練されており、読み手を洗浄させる力があるのだ。

一九〇四（明治三十七）年四月一日に生まれ、一九四五（昭和二十）年に逝去した童子の時代背景は、佐相憲一氏の解説「木葉童子がいま、微笑んだ」（詩集解説P2）によれば、

生まれた年に　日露戦争
一〇歳の頃には　第一次世界大戦
三〇代から四十代は　泥沼の一五年戦争（日中戦争、太平洋戦争）

と軍事一色の時代の中に野澤一はいた。

戦争がなかったら『木葉童子詩経』以降の原稿消失、保管先での管理の不行き届きによる破損などはおきなかっただろう。

高齢化の今、四十二歳で去ってしまった童子野澤一がもう少し長く生きて、その感性をさらに磨いていったなら、今の時代はどのように見えるだろうか、知りたい気がする。周りに感動を与える作品をもっと残していただろうと残念極まりない。

四尾連湖畔を見下ろす峠には一九八九年、野澤一の石碑が建立されたという。

六年間、世俗を離れ欲得を超越した山のなかでの原始的な生活をしていた詩人の魂が、石碑に腰をかけているかもしれない。

最後に、この『木葉童子詩経』を読む機会を与えて下さった地域のＮＰＯ法人の仲間である友人長野富子さんの計らいにこころから感謝したい。「詩には縁がないので、この本をどうぞ」と一昨年春にさりげなく渡されたのである。

不思議な縁が働いたとしか思えない。

そしてたまたま同人詩誌「砧」六〇号（二〇一九年九月発行）に書いた短いエッセイにお目を停めて下さり、野澤一の評伝を書くようお導き下さった千葉県山武市在住の詩人大掛史子さんがいらっしゃらなければ、この長文は生まれなかっただろう。

大掛さんは、名前が史子同士のご縁で、いつも私の作品にあたたかなまなざしを注いで下さっている詩界の先達である（お目にかかったことはない）。

おずおずと書き出した未熟なものを大掛史子さんと、新座市在住の野澤一氏のご長男野澤俊之氏に送付した。

野澤俊之様からは以下の文面をいただいた。

遠慮なさらず思われたことを率直に全く気になさらず、思いのままを何でもお書き下さってかまいません。そのように願っています。私への了承など全く必要ありません。

時間をかけられ、熱心に深く掘り下げられ立派に論じていただき恐縮に存じます。詳細にわたり愛情をもってわかりやすくお書きいただき、深く感謝しお礼申しあげなければなりません。

六年間に及ぶ孤独な生活を湖畔の森で人知れず過ごしたことは、やはりそれなりに生みだされるものがあったはずであり、そういった意味においていささかなりとも価値ある存在として後世にそんな生き方の中で生まれた詩文を伝え遺していくことの意義を感じとっていただければありがたいことです。

私より一歳年長であられる野澤俊之様からの、配慮の行き届いたお手紙と一冊の本が二〇二〇年二月、私の手元に届いた。『森の詩人』である。本の編者坂脇秀治氏は「編者あとがき」で、野澤一が『木葉童子詩経』のなかで「なつかし」という言葉を、雨、風、生物、湖などの自然に対して、また、人に対して、火に対して六十三回使っていると書いている。そしてその語「なつかしい」は、「共感する」「好きである」「好奇心が湧く」など幅広い意味があることに着目している。古文で多く使われる「いとをかし」に似ている気がすると言うのだ。さらに坂脇氏が、「野澤一は生涯にわたって自分の中心を明け渡さなかった人間だと思います」と言っているのも興味深かった。自分の信念を貫いた、ということだろうか。

『森の詩人　日本のソロー　野澤一の詩と人生』
詩　野澤一
解説　坂脇秀治
発行者　竹内淳夫　彩流社刊
二〇一四年一月十日　初版発行

この本のなかの一文にこういうものがあった。

野澤の長男俊之さんが市川大門町文化協会発行の文芸誌『峨眉』（第十九号、一九九〇年五月）に「顧みて」という題名で父の回顧談を発表している。その中の一つのエピソードを引用する。

「私が山梨にいた頃の中学二年生位の時、社会科の先生から『キミのお父さんに昔、会ったことがある。』といわれました。四尾連湖に生徒（恐らく高等小学生）を引率して訪れ、そのうちの誰かが父の大事にしている水を飲む器（陶器のようなもの）を壊してしまったそうなのです。父はそれをただじっと眺めていて、『ああ、これもとうとう命がきたのだなあ。』といって、しみじみと感慨深気につぶやいていたと私に直接話をしてくれました」

（中略）

一九三三（昭和八）年、二九歳になった野澤は四尾連の詩作生活にいったん区切りをつける決意を固め、「嫁さんがほしくなった」（『忘れ潮』清水泰夫）という希いもあって下山。東京の実家に戻り、麻布で貿易商を営む父の手伝いを始めた。そして翌一九三四年四月、湖畔で書き溜めた詩の中から一八六篇を選んで『木葉童子詩経』を自費出版する。（中略）詩集は野澤が敬愛する人に数多く献本したようで、梅原龍三郎、川端龍子らの画家、詩人で彫刻家の高村光太郎、島崎藤村、和辻哲郎、草野心平、中勘助、中西悟堂、中村憲吉ら文人からの礼状が遺っている（山梨県立文学館所蔵）。

（坂脇秀治「自然と生きた詩人」P119〜120）

野澤一にとって四尾連での生活は、野澤が真実の生というものを無言の自然との対話から身をもって探求し、学んだ、いわば野澤の生涯の生き方をはっきり方向づけた原点ともいうべきものだった。

四尾連湖の生活そのものが如実に書かれた、私の好きな詩を書き留めておきたい。

ほうれん草

あたりの松の木は高く見えた
私は父上におくられた
大きなのこぎりで
小楢や松を切り
それを又二尺ばかりに切り

ゆつくり腰を下して
それを
去年の火事にやけ残つた手斧で割つた
天には雲があつて
春には鴬がないた

松の青ばは小山のやうに
私のかたへにつまれ
そして小楢の枝の先には
この頃芽ぶいたばかりの
赤いふくらみが見えてゐた
私は心の底から
犬が好きであつたけれども
犬はかはなかつた

日が暮れると薪を背負つて
森をとほり

淋しい藁屋の戸をあける
中はまつくらである
ねずみがいたづらをしてゐたり
村から誰か持つて来てくれた手紙が
ほんのり白く見える事もある
風があれば
天井の葦草が音をたててゐたなり

くゝつのままゆかに上つて
置き憶えの場所から
マッチを探し――かさかさと指に
マッチがさはり――コトコトと歩いて
ランプに火をつける
その火はものを明るくしてくれるからうれしいなり
（中略）
山も湖も影も　山の小屋の
ひとりの晩ごはんである

里から二里
村から半道
山は三千尺の湖の北岸である
四月にはわらびの葉
六月には蕗の茎
秋にはきのこを食べましたなり

こうしてこのいろりばたに
日が六年たつて行つた
湖の水をのんで
風を引きよせながら
寒々と私はやつと
秋のなつかしさを拾ひ集める

文明より　思さくより
ほうれん草をゆでてたべながら
無いやうのいのちを

このしびれの山中に坐つてゐた
――
ああ　私は父におくられたのこぎりで
松をきり小楢の枝を切つた
雲は天にあつて
むかしのままに流れ
冬は雪に
降りうづもれた小屋にこもり
陽だまりは
心をぬくめて森の住者を
慰めてくれた
この世の中よ
私には何にも分らない
せめて　ああ　森で拾つた
くるみと栗の実を眺めながら
云ふこともなく　ただ
このゆでて食べたほうれん草の

山の晩ごはんを思ふばかりである

なぜ、私はこんなにまで木葉童子に、惹かれたのだろうか？
そして、この詩集から何を感じ取れたのだろうか？

詩人野澤一は、父親という理解者があったおかげで、生活の苦労をせずにすみ、四尾連の山のなかで、気持の赴くままに生きることができた。
そして周りの生き物（蟻、蜘蛛、ねずみ、へび、リス、小鳥）、また、草花を相手にしながら、さながら人間に対するように語りかけ、一日を終えている。

俗世間から離れ、たった一人で山小屋で暮らすなかで、彼は魂の奥底で、人間として生きることの真理を見出そうとしたのではないだろうか？
俗世間では「物好きな」と笑われるかもしれないが、誰しもができることではなく見事な生き方をうらやましく思ったのである。

孤独のなかで彼は、人間ほどよきものはないと書き、一匹の蟻にも愛情をそそぎ、自然のなかで、まっすぐに生きていた。

時折、訪れる父親や、村の人に囲まれてどんなに純粋な時間が、彼の周りで過ぎて行ったことだろう。

これから先、自分の詩魂（詩魂などわかりもしないで表現する未熟さを恥じつつも）がぶれそうになったとき、私は昭和の初め、富士の四尾連湖畔でいくつもの詩を書いていた木葉童子を思い出し、自分の気持ちを立て直すだろう。最後に、文中、解説からの引用が多くあるのにお気付きかと思うが、この復刻版詩集を読むためには、別冊のきめ細かな解説書がなければ、野澤一についての理解は深まらなかった。多数の解説者の中には（物故者もおられるが）、生前の野澤を知る方もいて、その方達の文章が収録されているからである。

縁に導かれたこの出会いに感謝し、大切にすると共に、森の詩人野澤一を忘れず精進したいと思ったのである。

＊　詩集『木葉童子詩経』　野澤一　一九三四年四月　（復刻版）コールサック社刊

・この章に限り、引用詩は原本通りの旧仮名遣いとした。また漢字は原則として新字体とした。

藤原家隆のうたのこころ

花をのみ　待つらん人に　山里の
　雪間の草の　春を見せばや　（家隆）

早春の淡雪のなかに名前も知らない草が芽生えている。

その可憐で新鮮な姿を、花だけを愛でる人たちに見せてやりたい。そんな意味の歌である。

この歌は、発見と喜びに充ちている。

現代詩にも通ずる発見と時間経過の妙がある。

そして、茶の利休が、茶道の指針とした歌でもある。

利休が目をつけたのも、「雪間の草」の謙虚な美しさが、茶道の精神に通ずると見たからだろう。

一口にわび、さびの境地といっても、そのなかに生き生きとした命が感じられなくては、伝統の重みのなかでは窒息してしまう。

茶道の始祖紹鷗は藤原定家の歌、

見わたせば　花も紅葉も　なかりけり
　浦の苫屋の　秋の夕暮れ

を、茶のこころにたとえていた。けれども、この歌だけでは、茶道はたちゆかないと認識したところに、利休の新しさが窺える。

定家の歌に比べると、家隆の歌は、派手さはないし、保守的で鋭い冴えも見せない。家隆は、奇をてらわない。物静かで、思慮深い人間だったのではないだろうか？そういう人間を、私は好きである。

吉野川　岸の山吹　咲きにけり
　峰の桜は　散りはてぬらん

視線が川から山へ移って行く。
その移り具合が自然で美しい。

晩唐の詩人杜牧にわたしの好きな詩「山行」がある。スケールはちがうが家隆の歌から「山行」を連想してしまう。

山行　　杜牧

遠く寒山に上れば　石径斜めなり
白雲生ずる処　人家あり
車を停めて　そぞろに愛す　楓林の晩
霜葉は　二月の花よりも紅なり
（霜葉とは、霜によって紅葉した木の葉。二月は旧暦で、今の三〜四月の花の盛りのころ）

春の盛りに咲く花の赤さと、夕日に照り映える楓の葉の赤さ、まったく異質なものを比較してみせたその意外性、言われてみて初めてわかるその対比の妥当性、これが「山行」

のいのちとも見てとれた。

白雲と紅葉の色彩の対比のあざやかさも、すごいと、読むたびに感嘆してしまう。

家隆の歌も、山吹の黄色が、さくらの薄紅色から移行する吉野川河畔のいかにも和の世界のハーモニーを美しく描き出している。

桜は散りはてたが、今は、山吹の黄色が目を楽しませている。吉野川は淡々と流れている。「山行」でも春の盛りに咲く花の赤さと、夕日に照り映える楓の葉の紅さ。複眼視された視線にわざとらしさがなくて、素直に読み手に入ってくる詩句が好ましい。

いつかわれ　苔の袂に　露おきて
　知らぬ山路の　月を見るべき

いつか私も出家をして、僧侶の袂に、露の涙を宿しつつ、まだ見ぬ山の月を見ることができましょうかと、漂泊の西行に思いを寄せる家隆の歌である。

家隆は晩年に出家を遂げたが、この歌は、出家へのあこがれより、西行の生活とその人間に深く傾倒していたことを語っている。

後鳥羽院の御口伝によると、定家が歌を評価する場合は、その歌の詠まれた時とか事情などはいささかも考慮に入れない。定家の歌の姿は非常にすぐれてはいるが、人が真似てはならない。

深くこころがこもっている歌を理想とせず、ただ詞と姿が艶にやさしく見えるのを尊重していたから、歌の正道を知らない初心者が真似したら、浮ついた歌になるということだろう。

定家は、生まれながらの名手であったればこそ、歌のこころは無視しても、きれいな詞をつらねただけで、美しい歌になったのだろう。

定家は完全にレトリックの世界に生きていたということか？

定家の父俊成の音楽性も、西行の人生観もそこには感じとることはできないということらしい。

俊成や西行などの最高の傑作は、詞が優にやさしいだけでなく、こころが深くこもっており人を説得するだけの内容もあったので、後世になっても人々に愛唱されている歌は無数にある。

話は、家隆に戻る。

後鳥羽院と家隆の間に、本当の付き合いが始まったのは、承久の乱以後ではないかと言われている。

隠岐の島へ遷幸になった後鳥羽院に、定家はまったく同情を示さなかったが、家隆は最後まで文通を欠かさず、院のこころを慰めることに専心したそうである。

詩でも和歌でも、当人の気づかぬところで、読み手は書き手の人柄を鋭い嗅覚でかぎとってしまうように私はとらえている。

読み手がどんな人かわからず書くわけだから、考えようによってはこわい。

何気ない言葉のちょっとした使い方にも、その書き手のこころの底に流れている暖かさ（または真逆の冷たさ）を見てとって、その詩人に好悪の念を抱くことがあるのではないか。

家隆には、後鳥羽院を最後まで気遣う人間としての温かみがあったようで、その部分を私は好もしく思うのである。

もとより浅学非才であるので、和歌の優劣などわからないという前提で勝手に書いたのであるから、定家ファンの方にはお許し願いたい。

詩にしろ、和歌にしろ、書き手は常に自分をみつめ謙虚な姿勢で書くことが大切で、発見から生まれる新鮮な感動は、読み手を驚かせる感動につながるということであろうか。

読み手は作品から、常にその書き手の人間そのものを感じるので、修辞にのみとらわれたものは、すぐ見抜かれてしまう気がする。

茨木のり子さんが「詩もどこか欠けたところのあるほうがよい」という意味のことを言っておられたが、詩に慣れすぎて修辞的になるより、つたなくても感情のたかまりが表現された詩が好もしいということかもしれない。

私自身も、現在より若いころの詩にハッと驚く表現をみつけたりすることがあって、反省も多い。

家隆の和歌のこころを忘れないようにしたい。

藤原家隆（一一五八～一二三七）。
鎌倉時代前期の公家、歌人で和歌を藤原俊成に学んだ。
藤原定家に比べて晩成型の歌人だが、「六百番歌合」や「正治百首」などに参加し、やがて定家と並び称される。『新古今和歌集』撰者の一人で、四十三首入集。
歌風は平明で、幽寂な傾向がある。素直で清潔感のある歌が多い。
家集『壬二集』は、六家集*の一つ。

＊　六家集　平安時代後期〜鎌倉時代前期に活躍し『新古今和歌集』の主要歌人とされた六人の私家集の総称。藤原俊成『長秋詠藻』、藤原良経『秋篠月清集』、慈円『拾玉集』、西行『山家集』、藤原定家『拾遺愚草』、藤原家隆『壬二集』。

こころにメスはいらない
（児童、生徒のカウンセラー体験から）

詩を書くことと、カウンセリングとは少し角度が違う作業かもしれないが、考えようによっては双方とも基本はこころなので、人生のある時期、カウンセラーとして多くの子供や保護者、教師と触れられたことは、深くこころをみつめる機会に恵まれたわけで、無駄ではなかったと思う。詩にもそれらをテーマにした作品があった（後述）。

詩論、エッセイの分野から少し逸れるかと思ったが、自身の生涯の十年余はカウンセリング現場にいたので、守秘義務をわきまえながら書き残すことにした。

二〇二〇年は、一月末の中国武漢から発生したコロナウイルスに、日本だけでなく世界中が影響を受けた年明けだった。

感染症の広がりや、外出自粛が、子供のこころの健康に良くない影響を与えるのではと、未来を担う子供たちを心配するのは当然だろう。

子供は特に、心理的に安心できる人がそばにいることが大切になるし、気軽に友達と会えないときには、孤立感を抱きやすくなる。

自宅にいて、世間の動きを追いながら、ふと、一九九八（平成十）年から二〇一一（平成二十三）年までの十三年間、自分の住む多摩市の市立小学校三校、市立中学校一校で「心の相談員（教育活動指導職員）」業務をしていたことを思い出した。

カウンセラーとして、人間関係のなかで人が人となっていくプロセスを共有する仕事をしていたのだが、生身の子供たちと日々接するなかで、本当に数えきれないほど貴重なことを教えられ、学んできた。


子供は、五感で感じ取ったものをうまくより分けて、必要なものを無意識に選び取れる力を持っている。

けれども現代はスマホ（携帯電話）がコミュニケーションの媒体となってきていて、人間の本来持っている力、人間力はかなり弱められているのではないだろうか？

友達との距離の取り方とか、面と向かって気持ちを伝えるのが苦手で、メールの文字を通すと、言わなくてもよいことまでスラスラ話せるという現象。

かつては、話すときには直接相手の表情を見て、生の声を聴いて、コミュニケーションをとるのがあたりまえだった。

現代は、携帯ネットが間にあって、人間というものが成長しづらくなっているのかもしれない。


小学一年生の母親が、「家の子は帰りが遅いので叱ったら、『道でトラに出会ってこわくて早く帰れなかった』なんて嘘をつくんです」と話してくれた。

子供は、叱られるのが嫌だからありありとわかる嘘をついていたわけ。

嘘を責めるより先に、子供の現実をみつめて暖かいまなざしをそそぐと安心してまっすぐ前に進んで行けるものなのだ。


子供の目から見ると、社会全体を見ても、家庭の在り方を見ても、大人は皆、勝手なことをしている。

なすべきことを知ろうともせず、責任をとろうともしない。

進むべき方向もわからなければ、みずからに反省することもほとんどない。

そういう状況のなかでは、子供はなかなか健康には育ちにくいのではなかろうか？

親が昔、みずから果たせなかった夢の代償を、子供に期待するということがある。人情としては、よく理解できるところだが、ひょっとすると子供の側からすれば親のこれらの期待は大変迷惑なものなのかもしれないなあと思ったりする。

うつ状態が強く、子供の小学校入学寸前まで、子供を立川の児童相談所にお願いしていたという母親が、私の前にあらわれた。

彼女の父親がうつに近く、母親の苦労を見て育った子供時代は、彼女が家のことを母親がわりにやってきていたということ、学校でもリーダーシップを発揮しいつも先頭に立って生きてきたそこまではよかったのだが、結婚して子供ができたあたりで、自分のつれあいが、母親に甘えるばかりのマザコンであることがわかって離婚した。

いくらしっかりしていても、子育ては一人でできるものではないし、彼女が母親から学んでこれなかったものは、教科書にはないからその喪失感もあって、ひどいうつ病に陥ってしまったらしい。

きちんと精神科の治療も受けてもらいつつ、学校での子供の様子も見えるから、親子をみつめながら、五年間援助をしてきた。

その後、ＰＴＡ活動に参加したり、彼女の夢である保育士へのチャレンジをするまでになったが、その過程で、「なぜ自分が子供のころ、親からしてもらってきていないことを自分の子供にしてあげなければいけないのか？」、「子供がにくらしくなる」と言ったりしたこともあった。母親から母性をきちんと享受してこれなかった不幸があり、頭ではわかりながらもこころが受け入れるまでに成熟してなかったのである。

そして、自分が親から受けていたと同じ境遇を、彼女の娘に押し付け、自分は病気だからと寝ていたりすることもあった。

若い担任は、一年生になったばかりの子が炊事、洗濯、お使いをこなしているのを知って、「どうしたらよいのか？」と放課後、涙ぐんで相談にいらした。今風で言えばヤングケアラーのはしりだが、しっかりしていたこの女の子は、その後、中高一貫校に合格したし、卒業文集には「将来は、宇宙飛行士になりたい」と書いている（授業中、この女の子をのぞき、必ず声をかけていたことを思いだした）。

だが子供を見事に育てるまでに成長したはずの来談者の彼女は、私が退職した二年後、自死をしたと風のうわさに聞こえ、私もショックから立ち直るのに時間を要した（カウンセラーは、どんな場合もクライエントに依存されすぎないよう気をつけるのが鉄則。職を離れてまでも関わってはいけない）。

来談者の心理的な安定を図り、ときには環境を調整して、来談者が勇気をもって問題にぶつかり、乗り越えていくのを見守るのがカウンセラーの仕事なので、在職中の私からすれば、彼女は見事に成長し、私も学ばされた事例だったから、仕事を離れてからのこととはいえ、「関係性」と「生命現象」の難しさを痛感したできごとだった。

今日の社会にはさまざまな現象、状況、要素がありすぎて、それらは子供の成長、家庭の在り方、親子関係、個々の人の生き方などに大きな影響を与えていると考えるのは、至極当然なことであろう。

単純に、どこそこに原因があるとか、誰かに直接の責任があるとか、あるいは漠然と社会がよくないといったようなことがらではない。

実際にはどんな事例にも、非常に複雑な関わりあい方が根底にある。

どんなことがらにでもそれが実現するに至っては、それなりの背景や歴史があり、きっかけとなるべきいくつかの条件が重なって顕在化すると、私などはとらえている。

もう一つの事例。

少女は、中学二年の十月中旬から、登校はするものの教室に入れず、保健室や廊下にいて、「目が見えなくなった」と言い、一時間近くトイレにたてこもってしまう行為が何回かあり、保健室の養護教諭から相談を受けた。

会ってみると、ごく普通のおとなしい女の子で「心の教室」（学校の中にありながら教育以外のことで生徒、保護者、教師の心のケアをするカウンセラーが滞在する部屋）登校にして様子を見ることにした。

同じクラスの女の子が休み時間に彼女に会いにきて話しているときは、ニコニコと会話している。

その母親に面談においでいただいて、わかったことがあった。

少女は小学生のころから、おとなしい子で、いつも人の後ろにくっついて遊んでもらっていて、手のかからない子だった。

どちらかというと親の言うとおりに動く素直な良い子だったというのだ。

おまけに今回、登校渋りの兆候を示した少女の今後についてその母親は、「不登校児だけの民間の学校に入れてみたほうがよいのではないかと思っている」とさえ話した。

子供以上に親は苦しんでおられ、手に余るので誰かに託そうと考えたようだ。

だが、それでは解決にはならない。

私は、母親に少女の先回りをすることをちょっと我慢して、本人の意志を、ひきだすような言葉がけをしてほしいとお願いした。

少女には、「自分が何をしたいのか」を自分のこころに聞いて、声に出して、「私はこうしたい」と表現してみるように伝えた。

少女には人間としてもっとも大事な主体性が欠けていたのだ。

先回りする母親のいうことを聞いていれば安心と思っていたが、精神の未成熟なまま中学生になって、未成熟に伴う精神的不安から、目が見えない現象がおきたのだった。

少女とその母親との面談は五、六回続いたが、主体性が出てきた彼女はみるみる明るくなり、中学二年生になって、多摩市主催の「中学生弁論大会」で「いのちについて」を発表するまでになった。

不登校というと、何か深いこころの傷があるのではないかとか、家庭がよくないのではとか、教師が悪いのではといろいろ詮索され、当事者はとても苦しい思いをされる。（あくまでも仮説にすぎず、ましてそれを取り除く外科手術（?）などありはしない。原因や問題が仮にわかったとしても、こころにメスはいらない）
原因や問題の陳列でこころを萎えさせるよりも、現実にあるもの、やれていることを認めて、それを使い伸ばして行くほうがずっと実際的だ。
この方法で接して、何人かが立ち直った。
子供は、自分を大事にしてくれる人が一人でもいると元気に学校に来るようになるものだ。
「安心感」「安全感」そして自分は愛されているという「自尊感情」を培って行くことが大切なのだと思う。

カウンセラーがクライエントのお役にたてるのは、専門の知識を持ち、ときに自他未分化な状態に入り込む行に近いような訓練をふくむ教育を経て、そのような知識を具体的に実践の場に生かすさまざまな技法を身につけているからなのだが、親子関係、教師生徒関係はどちらかと言えば現実適応を、カウンセリング関係は自己実現を、主としてめざしているので、多摩市で試験的に導入した最初の「心の相談員」の任務はきびしかった。

いじめ、不登校、発達障害対応など、勉強になったが、試行錯誤しているところへ東京都の教育委員長がお礼に見えて、カール・ロジャーズの「人間は、他人からかけがえのない存在として扱われてはじめて、おのれのかけがえのなさを感じる」を実感したりした。

小学三年生の少年のことで来談された母親は、聡明さと勝気さの顕在する方だった。十月下旬から白目になるので気持ち悪い。その後、指の皮膚をどんどんむいてしまう。まばたきや、首をはげしく振る、肩をすくめるチック症というのがよくあるが、少年の場合は、少し複雑で、目玉をひっくり返し白目になるといったものだった。

話を聴いていくと、最近レギュラーになれるチャンスもある野球部に少年が入りたがるのを、ボーイスカウトに入っているから駄目とあきらめさせたら、白目をむくようになったという。

「どうして野球が駄目で、ボーイスカウトがよいのですか?」とお聴きすると、「ボーイスカウトに入れておけば、スキー、スケートに連れて行ってもらえるし、父親代わりになる男の人もいて、行儀の面でもプラスになるのでやらせている」と言われる。

母親がとても几帳面で完璧を求める方のようで、少年のやりたいことより母親の理想を彼に押し付けているように見えた。

ボーイスカウトはしばらく休んで、本人の望む野球をやらせてあげることを提案した。

そして少年と弟の関係で、長男が受ける心理的空虚感についても話し、あまり彼に完璧を押し付けると、社会人になったとき、人に優しくしたり、許したり愛することのできにくい人間になるので、甘えさせてあげてほしいとも話した。

母親は、ご自分の在り方にハッとされて、「野球を許してあげようと思う。父親と母親の両方をやれなくてつらい」と涙ぐんだ。

父親の役は母親にはできなくて当然なので、母親だけしっかりやればよいとも伝えた。

その後、少年は学芸会で、お釈迦様のセリフをしっとりと演じて落ち着いた様子が見えてきたのだった。

まだまだ事例はたくさんあるが、振り返ってみると、大人はなんと子供に対して残酷なことをしているのだろうと寒くなってしまう。

大人が大人に成長していないこともあるだろうし、自他分離のできない人間は、弱さを子供にぶつけてしまうのかもしれない。本当の大人は、自分を律することができる人間である。

わが家の玄関に、色紙の入った額がかかげてある。多摩第一小学校勤務のころ、相談室によく遊びにきていた子供のお母様が下さった額である。

倉田先生
人間の心は
宇宙よりも　素粒子よりも
むずかしいですね
平成十九年九月十八日
小柴　昌俊

ノーベル物理学賞受賞者、小柴博士の親戚にあたる児童が在校していて、受賞後、小柴氏の関係者は帝国ホテルで会食して、その折、お書きいただいたらしい。

わが家の家宝であるし、大事な言葉である。「人間のこころは、宇宙よりも素粒子よりも難しい」などと、さすが宇宙の真理を研究される方であり、思いもよらない真理を言い当てておられたのである。

十三年間、多くの子供たち、保護者、教師のお話を聴かせていただきながら、彼らが自らの力で治癒してゆくのを見て、魔法のようにびっくりさせられたのが本当のところで、人間の関係性の大事さをズシンと受けとめた体験の日々は、今も私の宝物である。

五十代後半から七十代にかけて、貴重な社会経験ができたことには感謝しかない。

中学生のころ、「大きくなったらペスタロッチのような人になりたい」と生意気なことを書いていたが、人生の終わり近く、幾分か夢をかなえられたかもしれず、諸々のめぐりあわせをありがたく思う。

キャラメル

川には幾本もの橋が　かかっている

たもとで「さよなら」と右手をあげ
少年は　川土手を自転車で走り下りた

橋を越えるバスの窓から
夕日をあびながら　橋脚に寄りかかり
バスを見送っている少年が見える

十三歳　地元の中学校の番長
友達をひきつれて
「心の教室」にあらわれてから一カ月経った

幼いときから父親の理不尽な鉄拳を受け
言い返すこともできないで育った
キレると机を頭上に持ち上げる

親子喧嘩の末　橋の下で野宿をした
翌朝はシャワーをあび制服に着替えて

神妙な顔をしてわたしの前にすわっている

窓の外の伸び放題の草をむしり
みやこわすれの苗を植えてくれた
校庭を走っていた級友にかこまれ　汗をぬぐう少年

「先生　これあげる　きっと食べてね」
わたしのポケットのなかに
ちいさな一個のキャラメル

（『こころの樹に花咲いて』二〇〇七年十月　土曜美術社出版販売刊）

松岡陽子マックレイン女史との時間

二十年近くさかのぼる。

二〇〇一年三月に、中央公論新社から一冊の文庫本が届いた。

著者は、夏目漱石の孫娘松岡陽子マックレイン女史。漱石の長女筆子と作家松岡譲のお嬢さんである。

手のひらサイズの『英語・日本語コトバくらべ』。

添えられた文に「拙著、小さな文庫本を出版社から直接届けてもらう。贈呈申し上げるとお忙しい方に『読め』と言っているようで気がひけるが、ただ友情のしるしにお送りするので、お読みいただければ光栄だが、興味がなければどなたにでもさしあげてほしい」とあった。謙虚な姿勢にひれ伏したくなった。

十一月二日は、マックレイン女史のご命日である。

東日本大震災のあった年（二〇一一年三月十一日）でその五月に来日したいとメールが来たのを押しとどめ、翌年になされればと返事をしていた。震災の被害が想像を絶するもので、国中の誰もが驚き、こころを痛め、動揺のあった年だったからである。

「仙台に昔の知人がいるから」と押して来日された彼女に、私は会うのを遠慮した。

友人、知人の多い彼女は二週間を忙しく日本で過ごし、会えなかったことを残念がるメールを残し帰国された。

秋深く、ご子息から突然の訃報。高血圧予防のお薬を持参していらっしゃるのを知っていたが、ハロウィンの日（十月三十一日）にご子息が母上を、オレゴンの自宅に訪ねた折、異変に気づき入院させたが、手術も役にたたなかったとのメールだった。

マックレイン女史のお人柄はおどろくほど気さくで、彼女のご著書『孫娘から見た漱石』がきっかけで（私は漱石はカウンセラーたりえたと伝えていた）、初めてお会いした一九九五年秋から亡くなるまでの十六年間、来日のたびにご連絡があり、楽しみが増えていった。

お会いするたびに彼女の聡明なあたたかさに触れることができたのに、今はそれもかなわない。

1999年10月12日　佐渡にて
左より　吉田けい子、筆者、マックレイン女史、山本修巳氏

マックレイン女史はその母筆子の「どんな人間をも、その社会的地位、男女の違い、年齢の上下などで相手に対さず、誰が相手でも尊敬し、大事に思っていた」面など、人生でいちばん影響を受けたとのこと。

かつてお世話をかけたお手伝いさんの病気見舞いに、東村山に行かれたことも聞き及んでいる。

故国を離れ、頼れるものは自身の健康と、彼女そのものが価値基準であることを十分にわかっている女性だった。

私の両親は双方とも佐渡の宗門の出であるが、私自身は東京で生を享けた。

父が生涯を東京で過ごしたためであ

1999年10月　筆者の実家（佐渡）にて
前列左より　山本修巳氏、下田啓子、筆者、マックレイン女史、筆者の兄
後列左より　吉田けい子、筆者の妹（撮影者／兄嫁）

るが、寺の坊守として、父の生き方を支えた母を私は尊敬している。寺は浄土真宗であるが、マックレイン陽子さんの御父上、作家の松岡譲の生家も新潟県長岡の浄土真宗の寺であるとうれしそうだったのを思い出す。

一九九九年の十月、佐渡の実家善宗寺に立ち寄って下さった。

佐渡の郷土史家山本修巳氏や兄夫婦、妹とも歓談した笑顔の写真が今も残っている。

この時は、生涯学習仲間(カウンセリング)の下田啓子、吉田けい子さん両名が同行下さって、講演会での雑務を気持ちよく手伝って下さり、ありがたかったのを記憶している。

2004年9月21日　アメリカ　オレゴンで
遠くにオレゴンの山並みが見えるマックレイン陽子さんの自宅のウッドデッキにて

佐渡では「すすきが好きなの」と喜び、あちこちの名所でカメラに収まった。

たぶん、学者仲間には見せない笑顔を、こちらにはたくさん向けて下さっていた気がする。

その五年後（二〇〇四年）、シアトルに住む私の娘が出産をするので、一カ月余りアメリカに出かけたことがある。

シアトルとオレゴンは車で五、六時間。

この機会にぜひにとオレゴンの陽子さんのご自宅へと招かれた。

シアトルから日本に帰国する前にお寄りした家は、山の中腹を活用した、檜をふんだんに使った、地下二階まであるりっぱなお住まいだった。

私のために一部屋用意して下さっていたが、娘と乳児連れだったので、近くのホテルをとり、翌日昼食をいただくことにした。

日本風のお煮しめや炊き込みご飯、お味噌汁、つけものに感激したのを思い出す。テラスから見晴るかす雄大な遠望。

私が「餃子を作りたいのにシアトルのスーパーにはニラがない」と言うと、ご自分の畑からとってきて下さった。

（添付写真の、オレゴンのウッドデッキで私が手にしているのが、そのニラである）

彼女は、あの家で書きかけの原稿など残し、突然亡くなったのだ。享年八十七歳。その年齢まで毎年日本とオレゴンを往復していらしたのはすばらしいことで、見習いたいが、高血圧、糖尿病、狭心症と基礎疾患のある私にはとうてい無理である。

現在、お母上の勤務していた州立オレゴン大学の校医であるご子息は、お母上をたたえて、「彼女は人生を百二十％生き切った」とメールを下さった。

松岡陽子マックレイン女史が、祖父漱石に出会うことは残念なことに時間差がありすぎてかなわなかったが、漱石は自分の娘のうちの誰かが、外国で活躍してほしかったのだと何かの文献で読んだことがある。

戦時下、津田塾で二年間英語を学べて、そのおかげでガリオア資金（奨学金）でアメリカ留学をし、そのまま現地で卒業後も好きな仕事につけた孫娘を知ったらどんなに喜ぶことだろうと思った。

もっとも漱石は、娘たちが本を読む年ごろになっても（女の子がなまはんか文学づいたり、学者づいたりすることをひどく嫌って）、文学書や翻訳書などを読ませなかったそうだから、漱石の娘たちは他の作家の小説はもちろん、父親の作品も生存中は読まなかったに違いない。

だから、漱石の長女筆子は、ご自分の子供たちには読むものを制限しなかったと、陽子さんは『漱石夫妻　愛のかたち』のなかで、母親に感謝している。余談だが、『漱石夫妻愛のかたち』のネーミングは出版社側の意向で「すごいわね」と陽子さんは照れておられた。

父親が作家でもあったので、本棚には松岡譲の蔵書がぎっしり詰まっていて、『チボー家の人々』や、谷崎潤一郎の現代語訳『源氏物語』も読んでよかったと、父親に感謝していらした。


しかしながら戦争になり、新潟長岡のお父上のご実家に疎開することに決まったとき、それらの本を松岡は二束三文で古本屋に売り払ってしまったそうである。

陽子さんは、そのことがよほど残念だったようで、ご自分の蔵書は皆、オレゴン大学に寄贈することにした。だから、日本のすみで私などが仲間と出している小さな詩誌「砧」

なども、のちにアメリカに留学してくる学生の眼に触れるかも……と言っておられた。私は思わずほほえんだ。

アメリカでは、インター・ライブラリー・ローンといって、各大学の図書館間で図書の貸し借りができる。彼女の蔵書が、アメリカ全土の日本文学を学ぶ教授や学生たちに、末永く役にたってくれれば本望なのだそうだ。

薄綴じの日本の同人詩誌に目をとめていただけるとは思えなかったが、そんな心遣いがうれしかったのである。

私の手元に、二〇一一年十一月に逝去された陽子マックレインの思い出話の数々が、ご子息ケンから、ゲストブック一覧で送られてきていたものが残っていた。

それは、お母上を尊敬し愛していらした彼からの「母についての思い出を自由に書き送ってほしい」という内容で、最後のページ近く、私のつたない英語文も載せられていた。

あなたのお母様は、彼女のまわりのどなたにも優しくいつも思慮深かった。彼女を案内して、私の旧友共々、新潟県佐渡を訪ねた時も彼女の環境への順応性にとても感銘を受けた。二〇〇四年、ユージンに娘と共にあなたのお母様を訪ねる機会があった時、彼女は日本料理を作って下さった。私や娘は、彼女のもてなしに、はるかに我々より日本ナイズしていると感じたのだった。

私は彼女の家で素晴らしい時間を持ったが、彼女も又、いかに日本を訪ねた折に私や私の友人たちとの時間が楽しかったかを話して下さった。

彼女は、オレゴン大学の日本語と日本文学の教授であったから、教授仲間や教え子からもたくさんの思い出話が寄せられていた。

そのなかの一つ、ステファン・コーヒ教授の連想を私は意味深く受け止めている。

彼女は、国（日本）のトップクラス、一番か三番に入るほどの能力に合った速度で学習させるためのきめの細かい学習計画で我々に影響力を与えた。

コーヒ教授は、一九七二年からマックレインさんと親密に仕事をしてきていた。

彼女は、私に、いかに教えるかについて非常に多くのことを教えてくれた。振り返って思えば、彼女が語ったことがらの一つにこんなことがあった。

「たとえあなたがどう思おうと　あなたのクラスは、あなたが寝る前にすべてうまく行っているものよ」

授業の前に眠れなくなったコーヒ氏に「クヨクヨしないでさっさと寝なさい。万事ちゃんとなってる」と言ってくれたらしい。そしてそのとおり何も心配は要らなかった。

松岡陽子マックレイン女史の特徴は、目をそらさない覚悟ができていることだった。

私の感じ方からすれば、彼女は常に物事の長所を見ている人だったように思う。

物事がベストでなかったとき、彼女はそれらを良い方向に持って行くよう働きかけることのできる女性であった。

日本にいれば、漱石の孫ということはかなりのインパクトを与えるのだろうが、彼女は本気でそのようなことを意識していなかったように思う。

かなり前に、アメリカの大学で知り合った男性に「あなたは漱石の孫なのに、一度もそれを鼻にかけたことはない」と言われたそうだ。

言われている意味がわからなかったらしい。

祖父が夏目漱石であれ、孫がそのために得意になるとか、威張る理由はないからだ。誰かの子供や孫であるということは、どこかの国に生まれるのと同じ偶然にすぎない。

仮に、もし自分が功をなしたとしても、そのために威張るという感覚もおかしい。国を問わず多くの政治家が傲慢な態度をとるのは、謙虚さが人間の大事な徳の一つであることを忘れているのではないか、と彼女は言った。

一生の間に、自分を肥やしてくれる深い人にどれほど出会えるだろうか？その人を尊敬できることが友人の一つの条件だと思っているが、それに加えてその人と肩ひじはらずに雑談できるのも大事だと思っている。普段着の付き合いができることが素敵なのである。

共にあった貴重な時間そのものに気づかぬまま、大切な何かが流れて行ってしまった。

（「つむぐ」第一六号（二〇二〇年九月発行）加筆）

選択

ロバート・ジェイムズ氏とその母キャシーさんにお会いしたのは、二〇一〇年九月、シアトルのラコナ湾近くの喫茶店。

キャシーさんと私は、同じ一九四一年生まれ。

彼女は小学校教師を定年退職してから、自宅の教会でチョコレート工場を起こし、地域でバザーなどの社会活動をしておられた。

私はすぐ、初対面の彼女の、飾り気のない人となりの気高さに打たれた。

ジェイムズ氏の素朴で慎み深い知性に好感を抱き、キャシーさんもまた、私の次女を好意的に迎えて下さった。

次女には、五歳になる男の子があり、三年前（二〇〇七年）に裁判で離婚が成立したばかり。

二〇〇二年に、日本の両親の猛反対を押し切り、結婚した相手はヒッピーまがいの若者。

子供が生まれ、仕事と育児の負担がすべて次女に来たのを見て、私から「離婚しなさい。一度きりの人生、やり直していいのよ」と伝えた。娘は親の反対を押し切って結婚した手前、不安だらけの日々だったが、一生我慢するつもりだったらしい。
「やり直ししていいんだ」とそのとき気づいたそうだから、いかに世の中を乳母日傘で育ってきたかがわかる。私自身、自分の甘さを反省したのはいうまでもない。もっともその後、私は「獅子の子落とし」さながらの子育てをして、よく次女がそれに耐え、一人でしっかり生きてくれたと、いまだに自分のなかの鬼とにらめっこしている。

二歳の子と二人だけのシアトルの日々。
がらんとした家のなかで過ごす夜の心細さや、周りに親族のいないつらさ、責任ある仕事が待っているから、昼間の保育園探しも必要。合間に不動産屋に今まで三人で暮らした家を売る相談や、新しい家を探すこともあって、忙しさがかえって次女の気をまぎらわせたかもしれなかった。二歳のサイラス啓との新居は、今より職場に近いリンウッドにみつかった。

引っ越しのときに次女から相談を受け、会社の部下の兄上に手伝いを依頼したらどうかと助言した。以前の職場がアン・テーラーという小売業の店で、そこで私はジェイムズ・

2010年9月7日　シアトル郊外
左より　キャシー・ロバート、サイラス啓・グリーン（5歳）、ジェイムズ・ロバート、筆者、裕子（ひろこ）・ロバート（次女）

ロバートを見かけ（私はお店でジェイムズ氏の妹さんには紹介されていた。妹さんは涙もろいのが印象的だった）、勧めたのだった。アン・テーラーが衣料品のブランド店なので家族も出入りしやすかったのが縁の始まりかもしれない。

次女は、会社で一緒に働いている妹さんを通して、引っ越しの手伝いをお願いしてみたようだ。

彼は、気軽に来て下さって、男手のなかった次女はとても助かったらしい。

ジェイムズ氏は内気な青年で、当日新しいTシャツを着ていらしたが、正札をつけたままだったと聞き、その素朴さを私はすばらしいと感じたのだった。アメリカにも、うわべを気にしない実直な青年はいるのだ。

当時は、ワシントン大学の研究室で毎日、モルモットを相手にしていた学究肌の人らしかった。


話をもとに戻そう。

就職もできず、決まってもすぐクビになる青年は、娘からの離婚要求になかなか承諾しなかったが、二年経ってやっと離婚に応じてくれた。家も、車も、生活費も奥さん丸抱えなんて、アメリカ人の女性には相手にされない男だろうし、日本からの世間知らずの女子大生が、よくひっかかってしまうケースだったのかもしれない。

シアトル在住の私のいとこカズエ・山本の庇護のもとでの学生生活だったのだが、彼女も心配し、反対の結婚を、次女は「自分がちゃんとしていればいいでしょう」で押し通していた。

二〇〇七年十一月のシアトルは、どんよりとした雨の多い気候で、離婚調停に臨む次女と相手が家を空けるので、二歳のサイラス啓の面倒を見なければならず、私は単身アメリカに向かった。

裁判では、一回目、相手の書類にスペル違いがあり、やり直しが生じ（外国人だから英語のスペルを間違えないということはないのだ）、二週間後、再度判決を聞きに二人で出かけて行った。次女の勝訴で、親権も、仕事を持っている次女に渡された。相手の男は、裁判官から、「しっかりするように」と注意されたそうだ。国際結婚というのは、なかなか難しいものである。

娘には「先人の言うことには耳を傾けるものよ」とだけ伝え、責めることはしていない。

晴れて自由の身になり、私の帰国予定まで二週間ほど時間があったので、カナダに旅行することにして、三世代のバンクーバーの旅を楽しんだ。

アン・テーラーの仕事は終わっていて、ヘッド・ハンティングで翌年一月からハンドバッグで有名な「コーチ」に勤務が待っていた。

二〇〇八年はリーマンショックのあった年で、離婚がその一年前だったおかげで、不動産の売買もスムーズに運び、不幸中の幸いだった気がする。

年越しまで日本のわが家でゆっくりするようにすすめ、三人で成田空港行きのアメリカン航空機に乗ったのだった。

たぶん、そのまま日本の両親と暮らしていたら、今の暮らしはないだろう。ジェイムズとの結婚もそのときは夢にも思っていなかったろうし、世界的にも大きなＪＰモルガン・チェース銀行で仕事をするなんてことも、おきなかっただろう。離婚が成立し、日本で休んでいる間、次女が、小さな息子サイラス啓を連れて、近くの公園で考え込んでいるのを知っていた。日本での友人や、姉、兄の家族とも会いながら、さまざまなことを考えて自分で答えを見つけて、きっぱりと飛び立っていった。

ジェイムズ氏との再婚（彼は初婚）まで、その後七年経過している。サイラスとジェイムズがお互いに嫉妬しなくなるまで待ったのだ。次女の事情をずっと見続けてくれていたジェイムズ氏には本当に感謝している。

キャシーさんは、『大草原の小さな家』の作家ローラ・インガルスのいとこなのだそうだ。晩年のローラの写真とキャシーさんが酷似しているのも、おおらかでありながら、つつましい人柄にも、インガルス家とのつながりをうなずける。日本の反対側に棲む私の娘は、銀行勤めのない日は、姑キャシーさんの農園の野菜をもらいにでかける関係らしい。シアトルのスーパーの野菜は新鮮ではないのでありがたいのだと、スカイプ（テレビ電話）でよく話してくる。

Ⅲ

佐渡点描

実家は佐渡の浄土真宗の古い寺であるが、私の出生は東京南青山であり、幼少期と思春期の一部以外は佐渡での記憶は断片的で、これまでの人生のほとんどが東京をベースにしている。

父が寺を継がず終生東京で暮らしたことからの結果ではあるが、私の意識の底には常に佐渡があり、佐渡在住がもっと長ければ、自己の形成も変わっていたかもしれないと感ずることがよくある。

「佐渡点描」は八年ほど前、二千人の団体のなかで諸行事の世話役を承り、行事や人の動きに神経をつかうことも多かったため、人間そのものにくたびれた私が、佐渡の友人に知らなかった佐渡の一面を案内してもらうことで、何かが内面ではじけ、できあがった詩作品である。

「見て　ここに立つと地球は丸いってわかるの」
小佐渡山脈のとぎれるあたり
素浜海岸から宿根木へ向かう道
十年ぶりの級友の声がはずむ

夏の昼下がり
点在する岩のかなた
真っ青な空につづく海のしずけさ
こんな島のはずれで　地球の曲線が見える

百五十年前のある日
千石船が水平線上にあらわれる
あれは　広島　岡山と交易をしてきた
廻船問屋　清九郎の船だ

大きな　白い帆を　はたはたと鳴らし
盛りだくさんの　陶磁器や　山陽の文化を積んで
船がぐんぐん港に向かってくる
ちぎれんばかりに手を振り　走り寄る女　子供の喜びの声

宿根木は数本の小路が海へ向かう
納屋　土蔵の多い集落
舟板や船釘を使った外壁
一ヘクタールに百十棟がひしめいて建つ

贅をつくした清九郎の家はそのまま残り
捨てきれない文化の重みを
老女が静かに語る
一足二百円の手作りのわらじを売りながら

浜のひしゃげた小屋で
白髪の漁師が網をつくろっている

ここにはもう誰もこない
青空の下はるか　地球の曲線が見えるだけ

（「佐渡点描」『こころの樹に花咲いて』）

苦しくなるほどの静寂のなかで、私には百五十年前の宿根木の女子供の笑い声が聞こえてきた。

島のゆったりとした時間と光のなかで私は生き返った。

淡々と生涯をこの島で暮らす人々のこころの置き所に気づき、涙が止まらなかったその夜の自分を、私は今もとても大切にしている。

これを転機に、自分自身の時間の旅の在り方が変化し、この「佐渡点描」の詩は意義深いものとなった。のちに、詩人伊藤桂一、鈴木亭両氏から評価を受け、大切な詩の一つになったことも忘れ難い。

（「砧」三〇号　二〇〇四年九月）加筆

良寛和尚と佐渡

たらちねの母がかたみと朝夕に佐渡が島べをうちみつるかも

良寛を生んだ母は、佐渡の人である。越後出雲崎の海岸に立って良寛は海の向こうの佐渡を眺め、母を恋うてこの和歌をうたっているが、終生佐渡に渡ることはなかった。

佐渡は、順徳上皇、世阿弥、日蓮が流人生活を送り、能狂言などの文化を遺した島であるとともに、佐渡金山の採掘目的で本州の罪人なども流された悲惨な歴史の島でもある。

出雲崎の名主橘屋新左衛門は、佐渡相川町の分家、橘屋庄兵衛の娘秀子を養女に入れ、与板町の新木左門を婿に迎えた。その長男栄蔵がのちの良寛である。

良寛は裕福な商家の子なのに、乞食坊主になるという劇的な人生を送っている。

天変地異が起こるとき、蟹は人間より先に感知し、その巣を出るという。鋭敏な予知能力を持つ蟹のように旧家の諸々の矛盾を見、この家はやがて滅ぶのではないかと予感したから、良寛は出家したのではなかろうか。

良寛は、自分の生き方を大切にし、著書などは残していない。たしかに多くの漢詩や和歌を作り、すばらしい書を残したが、けっして歌人でも書家でもなかった。良寛の書は、「人間の付き合い」のなかで、あたかも排出物のように自然に生まれたものであって、彼自身はそれらに執着することなく自由自在に生きてきたのである。

日々、子供たちと草相撲をしたり、かくれんぼをするが、熱中しているうちに日が暮れて、いつも取り残されてしまう。

私にはそれでも喜んでいる良寛があざやかに浮かび見える。凡人が手に入れようとしても容易にはできない、光る仏性がいつしかこころのなかに生まれ、それらを内に秘めたまま生きて、この世を駆け抜けた人物良寛。

うらやむべきかな、その生きざま。佐渡人の母を持つという共通点のあることが、私を理由もなくしあわせな気持ちにさせてくれる。

（「砧」三八号　二〇〇八年八月）

裏磐梯

丸顔でいくらか小太りの男性が、前の席に憮然とした表情で座っているのに気づいたのは、ローカル線の車窓の風景が単調になり、目を車内に移したときだった。

耕作地帯や、住宅地の間を通る区間が多く、無人駅もあたりまえのように存在する磐越西線に乗ったのは、十一月初めのこと。

「無人駅が多いのですね」

「次の磐越熱海では改札口に駅員がおります」

前方に山が近くなり、温泉と観光で生計を立てる街並みが見えだした。

「あれが安達太良山ですよ」

私は、智恵子の言う「ほんとうの空」はこれなのかと、やわらかな山の稜線と、浮かぶ雲をながめた。

男性は法事の帰りで、これから東京に戻るのだと言った。

2014年11月4日　裏磐梯、苅田に降りる白鳥たち

同じく、友人たちと東京への帰路につく私は、旅の心地よさも手伝っていたのか、前の席の男性は赤の他人なのに「一生懸命に生きてほしい」とエールを送りたい気分になっていた。

安達太良山から猪苗代湖にそそぐ長瀬川の水は、火山性の酸性水なので、プランクトンや藻が繁茂しない。

猪苗代湖の透明度は一二〜一五メートル、日本の淡水湖では三番目に大きい湖である。冬は、白鳥の群れでにぎわう。

訪ねたときは、白鳥より鴨が群れなしており、猪苗代湖への途上の苅田に数羽の白鳥がゆったりくつろいでいる姿をみかけた。

十一月上旬、シベリアから飛来する白

鳥は、二千羽以上ということ、先発隊が苅田で遊んでいたのだろうか？

茨木のり子さんが、詩「鶴」にヒマラヤを越え、インドへ命がけの旅をする鶴の清冽な羽ばたきを書いておられた。

一九九三年一月四日のＮＨＫ「世界の屋根ネパール」を観ての作品。

私もその放映を観た。

あのとき、私はなぜか天空に風の道があることを思っていた。

わたしのなかにわずかに残る
澄んだものが
はげしく反応してさざなみ立つ

今も目をつむれば
まなかいを飛ぶ
アネハヅルの無垢ないのちの
無数のきらめき

（「鶴」最終連『倚りかからず』）

裏磐梯に飛来した白鳥と、ヒマラヤ越えをする鶴は、渡り鳥という共通点があるのみで似て非なるものがあるが、途中、落伍もせず目的地に飛来する姿勢には、運命とはいえ言葉を失う。

裏磐梯高原は、福島県北部にある磐梯山、安達太良山、吾妻山に囲まれた標高七〇〇〜一〇〇〇メートルの高原状の地域をいう。

休火山同然であった磐梯山が明治二十一(一八八八)年七月十五日に突然大爆発をおこした。それ以来、静かだが、実は今も活火山なのだと聞いた。

二〇一四年九月二十七日に起きた御岳山と同じ水蒸気爆発、ガス爆発であった。十五〜二十回ほどの爆発のあと、北側の小磐梯が山体崩壊をし、かつて山麓にあった集落は瞬時に、厚さ一〇メートルの土石の下になってしまった。人口もさほど多くなかった明治の山間の村で死者四百七十七人。明治以降で最大の火山災害になった。

火口より噴き上げた火山灰は風に乗って六〇キロメートル遠くの太平洋岸まで達し、当時の民家や田園樹林に被害を与えたらしい。

けれども、火山は災害をもたらすだけの存在ではなく、温泉や景観、文化面でも日本人の生活に影響を与え、無尽蔵の地下資源として注目されていることを忘れてはいけない。

磐梯型爆発は、長瀬川、小野川、中津川をせき止め、日に日に増水していき、檜原湖、小野川湖、秋元湖の三湖をはじめ、五色沼、大小さまざまな三百を越す湖沼群が形成されたのである。

深紅に染まる紅葉、神秘的に輝く湖沼群のあざやかなコントラストは見事で、コバルトブルーやエメラルドグリーンの五色沼とその探勝路を今でもくっきりと思い出す。熊が出没するというので大きな鈴を腰につけた女性とすれちがったのもユーモラスな光景だった。


旅であれ、日常生活であれ、そのときは少しも気づかない、けれどもあるときふっと、その一瞬の光景がそこだけ切り抜かれたかのように、ありありとした記憶となってもどってくることがある。

特別でもなんでもないからこそ、特別というものの見方で、日々のかたちは支えられ、前に進めるものなのかもしれない。


（「東京四季」一〇八号　二〇一五年四月）

父と子

久しぶりに揃った四人の兄妹は、田舎の夏の夜、玄関前の石畳で花火に興じた。

中学生の兄、小学四年の私、二年生の弟、妹は私より六歳年下だった。

兄が、ねずみ花火に点火した。それは不意に足元でシュルシュルシュルシューッと小さく火を吹き上げ、クルクルッとまわると、あろうことかのぞきこむようにしてしゃがんでいた弟の目のあたりに飛んで行って爆ぜた。

「わあーっ」

闇をつんざくような泣き声に、大人たちが家のなかから出てきた。

たぶん兄は祖父からはげしく叱られたに違いない。

離れて暮らす弟妹が、久しぶりに母親と一緒に佐渡に帰ってきて、もてなすつもりが裏目に出て、どんなにつらかったろう。

一人泣く少年の姿が浮かぶ。

何十年経った今も、そのときの兄のこころの内がせつなくしみこんでくる。兄には、どこか肉親の情に恵まれないところがあった。そのことは、彼の性格形成にも影響し、一家の重大な決断が必要な折にも最後は五歳下の妹の私に確認してくるような、気弱なところがあった。

私は今なお、そのことは彼に責任があるわけではなく、父の在り方に起因するのだろうととらえている。

父は佐渡の寺の住職でありながら、生涯、島に戻らず東京で自分の道を求めて生き抜いた。父には大学時代の恩師の影響が強かったのだろうが、戦時下に平和を唱えるなど、生活感のない唯物論者であった。出版社を友人と経営して、本人も『短歌論』『文芸学』を出版していたが、晩年は平凡社で「世界大百科事典」の編集をする、最終的には生活のためにサラリーマンに甘んじた人間だった。

家族を持たないなら、理想に燃えるのもよいだろうが、平凡に営まれる普通の暮らしほど大事なものはないと思って生きてきた私にも、父の生き方は影を落としたと言えようか。

兄も私も弟も東京生まれであったが、戦時中、佐渡に疎開したことがあった。祖父母と母、三人の子供たち、お手伝いさん、寺男が共同の寺の暮らしは、よそ様よりは苦しくなかったかもしれないが、そんな長男の嫁である母の苦労は、封建色の濃い寺であれば想像に難くない。

私が小学二年生になった春、母は弟と妹を連れ、東京の父の元に行く決心をした。そのうち迎えに来るという約束のもとに、中学生の兄と私は、祖父母と佐渡に残る段取りだった。

祖母は小さな私の機嫌をとるため、佐渡島内の観光バスに一日乗せてくれたりした。

出発の朝、小さな弟妹と母を玄関先に送り出す段になり、不意に本能的な何かが私をつき動かした。

母と離れるこわさが私の号泣を呼び起こし、あまりの大泣きに根負けした母は、私も連れて行くことになったのだった。

中学生とはいえ一人残される兄はどんなに悲しかったことだろう。

小さな私がいれば、祖父母から私をかばう自分の生き甲斐（？）のようなものも生まれ、寂しさもまぎれたはずで、彼はそれ以後、この寺の封建的な仕組みのなかでおきるさまざまな暮らし模様をすべて引き受け、自己形成しなければならなかったのだった。

兄はのちに大学生になってから、東京北千住の公団で父と二人暮らしをしている。銭湯に行くのに父と兄は道すがら何かの議論に夢中になるあまり、女湯ののれんをくぐって大恥をかいたと楽しそうに話してくれたりした。

数十年経って、私のつれあいの公舎が千住になったとき、たまたま親戚の葬儀で上京した兄が、わが家に泊まることになった。

早朝、散歩に出た兄はかつての荒川沿いの風景や、旭町のあたりを見てきたらしく、学生のように懐かしみ、とても喜んで佐渡に戻って行った。

何度も「ありがとう」を繰り返していたから、よほどうれしかったのだろう。

逆に祖父の逝去で、母は寺の坊守として佐渡に舞い戻り、私は思春期を自然豊かな島で過ごすことになったのである。

兄が大学三年生のころ、夏休みに帰省していて、ふっと私にもらしたことがあった。

「おやじは、僕を馬鹿だ馬鹿だと言うんだ」

三四郎池や安田講堂でもよく知られ、赤門と呼ばれる東京大学の学生なのに、なぜ馬鹿と言われるのかがわからないということらしかった。

寺を継ぐのを念頭に、兄が勝手に宗教学部を選んだことを指したのではないかと私は思った。

せっかく一流教授陣のいる大学に入ったのだから、自分の究めたい学問をすればよいのに、宗教学を選ぶならそれ専門の大学はいくらもあるということなのだろうと、私は感じ、わからないなりに父の想いを斟酌していた。


ちなみに私は、高校三年の春に父の死去にぶつかり、急遽進路を変えている。

外からの運命は変えられない。人生は一回きり、人と同じ生き方ができないのは当然で、人は人、自分は自分とぐれることもなく運命に身をまかせた。

高校側で、文部省の図書司書養成所を受験してみないか（合格すれば授業料免除）とか、授業料の少ない大学を探すなど親切にして下さったが、高校三年の八月に学校長推薦で日本交通公社（現在のＪＴＢ）を受験し、合格したのですんなり社会人になってしまった。

ＪＴＢ丸ビル営業所の社員とは五十年経つ今も先輩、後輩に至るまで「もとはな会」と称し年一回の会食にお誘いいただいている。ＪＴＢのおかげで、地理には詳しくなったし、視野も広がった。


結婚後、生涯学習の場でカウンセリングという分野にぶつかったとき、変化がおきた。

専門性のある勉強の必要を感じた私は、つれあいの理解のもと、三田と日吉に校舎のある私立大学で、心理学を中心に社会学、教育学、文学など多方面の知識を、身につけることができたのだった。

教授も学生もフラットでお互いを「さん」呼びをする学風が新鮮だった。この記憶はのちに地域の小、中学校でスクールカウンセラーを承った折に、児童、教師から「先生」と呼ばず「さん」呼びを願って、廊下を歩いていて小学一年生の子供たちから「くらたさん」と声をかけられ、対等に話す糸口につながった。

子供は対等感がないと、こころを開かない。

レポートを提出したり、試験を受けて単位をとるのは生活と関係のないことだったが、私には逆に興味があり、学ぶことは楽しかった。

つれあいの関係で公のお付き合いに顔を出す以外は、公舎で本を読んだり、調べ物をしてわくわくする主婦だった。

卒業論文は漱石の「道草論」。

振り返れば、努力するそのことが大事なのであって、どんな事柄もその人に必要なら外側の何かが近づいて、一個の人間を作ってくれることに気づかされたのだった。

父が私について常々母に言っていたのは、「史子は、ものをわかりすぎるところがあるので、下手に教育をつけると男が馬鹿に見える人間になってしまう。親戚に富裕な家があるので、そこに女中見習いにやるほうが身のためだ」ということだった。

世間も何もわからなかった私は本気で「女中さんにさせられるのかなあ」などと母の言葉をぼんやり聞いていた。だが、父の言葉は大事に受け止めて、私のなかでは決して男が馬鹿に見えるなどということはおきなかった。


川端康成が昭和四十四年四月に発表している何かの文面に、自身の成育歴について書かれたものがある。


二歳で父が死に、三歳に母が死んでみなしごになったが、私の孤児は私について論者のすべてが刺す点で、今、七十歳になっては、孤児でもあるまいとの思いはあっても、私は論者にさからいはできない。

私自身がずいぶんとその感傷にあまえた少年であっただろう。

また感傷は奥にも入って　病根を植えているだろう。

しかし、私の人生での諸々のありがたいめぐりあいは、孤児であったから恵まれたのではないかと思う。


川端は小説を書くことで自分を肥やし、世界に名を馳せるまでの大作家になり、ノーベル文学賞も受賞している。

成育歴以上に彼の周りのめぐりあわせが彼の肥やしになったと述べている。

私は、教育というのは与えられるものではなく、自分で自分を教え育てていくのが教育なのだと思っている。

どんな人からもどんな事柄からも人間は学べるものであり、賢明に生きることは誰にもできるものだと信じている。


しかしながら、完璧である必要はなく、むしろ多少間が抜けたり、失敗して泣き笑いをする人間くささのあるほうが私は好きで、かく申す私はけっこうおっちょこちょいで周りに笑われてばかりいる。

私の周りには驚くほどたくさんの面白い知人、友人がいるし、詩を通しても会ったことはなくても、深く理解している知人、友人が全国にあり、縁に結ばれた人たちの存在にこころから感謝している。

これからも、まだまだ私の周りの人間模様は見晴るかすことができないほどの広がりと深まりに充ちていくことだろう。そうありたい。


脳梗塞のあと言語もままならず、二〇〇七年、七十二歳で自死を選んだ兄を思うと、その分も、この世を味わって生きて行きたいと考えるようになった。

父は、私が詩を書くことをとても喜んでいたと、その死後ずっとのちになって、父の友人で哲学者の古在由重先生や、中国研究所の鶴田さんから聞かされた。詩集『風になった少女』を謹呈した折に初めて聞いた言葉だった。

妹に言わせると「姉さんは、父親の自慢の娘だった」のだそうで、詩を書くことを公にするのを遠慮した時期もあったが、むしろ今は書く自分を肯定していいのだと思えるようになった。

私に「お手伝いさん」の修行をさせると言っていた父が、「シコちゃんシの字のシンピンタン」と言ってだっこしてくれ、何よりもそれが幼な心にうれしかったのだが、私が詩を書くことを喜んでいたということを知って、何層倍も幸福感を味わっている。

今の私は、父の在り方を理解する幅の広さができているし、六十年前、新宿源慶寺での告別式に、文学仲間佐多稲子氏からの弔電があり、当時高校生だった私は未知の父の交友に驚いたし、戦時下に一つの思想を貫いたことで苦しい体験があったにもかかわらず、みじんも感じさせず、シコちゃんの成長を願った父の短命は残念でならない（享年四十九）。

夢に出てくる兄がさわやかな笑顔を見せるようになった（私は霊界の人間の夢をよく見る）。妹に言わせると、「成仏できたんだわ」だそうである。

妹ものんびりしているようで、しっかり寺の娘だったのだと感心した。

ありし日の父本間唯一（昭和の評論家）享年49歳

たった一つの母の人生

母の背中

母が庭を見ている
わたしの小さかったころ
鯉の泳いでいた池は埋められ
こざっぱりと手入れされていた松は
屋根の高さを超してしまった

孫までが独立した今
ふるさとの広い寺は
長男夫婦と母と老犬が一匹

ちぎり絵　ペインテックス　短歌　書道など
趣味も友人も多い母が
寺の坊守の座を捨て
秋には老人ホームに行くのだと
まわりを片付けている

八十歳の誕生日を間近にしながら
母が黙って庭を見ている
丸くなった背中を
こちらに向けて

（『こころの樹に花咲いて』二〇〇七年十月　土曜美術社出版販売刊）

母が佐渡畑野町の軽費老人ホーム「ときわ荘」に入ることを決めた一九九二年の夏、帰郷した私の目に、母の背中がまるで石のように見え、はっと息をのんだのを思い出す。
母が庭を見ながら何を思っていたかは、おそらく本人にも説明できないだろうし、そのことはわからなくてもよい。

環境を変えることの重さ、失うものと得るもののギャップは想像以上のものだったろう。でもいちばん大切なのは、母本間ハツの人生は、他の誰の人生でもないということだった。

「ときわ荘の灯を見るとほっとする」という手紙に、これまでの環境のきびしさも見え、胸を衝かれながらも、持ち前の楽天主義で自分の居場所を居心地のよいものにした母に脱帽する。

母は、今の一日一日がきっと一番気楽なのだろう。

今年は子年でたしか母は年女だと記憶している。

《人生の達人で賞》を子供一同であげたいと考えている。

（「しらさぎ」一四号　一九九六年）

母の老人ホーム入居の決意はかなり固いものであった。

兄嫁の名誉のために一言付け加えておくが、大雑把なところもある母はかなり同居者には面食らうこともあったろうと思っていて、そのなかを義姉は愚痴らずきちんと二人の子供を教育し、寺の内外の仕事も心配なく差配できた真面目な方で、この問題はどこに原因があるというものではけっしてないのである。

今でこそ、リタイア・ハウスはポピュラーな選択になっているが、三十年前にできた佐渡の軽費老人ホーム入居の行動は、周りの耳目をそばだてたに違いない。

大きな寺の坊守をして三十余年、寺を長男一家にまかせ、趣味を楽しんでいた人が軸足を小さな老人ホームの一部屋に移すのである。

長男夫婦と弟は反対だった。

島の外にいる三人の子供たちを訪ね、承諾の印鑑をもらって歩く気持ちはいかばかりであったろう。

私のつれあいは、母に「こちら（東京）で一緒に暮らそう」と真剣に話してくれたが、当時の私は前記の老人ホームの会報「しらさぎ」に寄稿した文面からもわかるように、いともあっさりと母の背中を押しているのである。

責任感の強い人が、自分の生きる道を模索し選んだのが、一人になれる場所だった。

人は誰にも多かれ少なかれ忘れることのできない、そしてその実態を言葉ではうまく伝えることのできない重い体験があるように思う。

それを十分に語りきることのできないまま生きて、そして死んでいくのかもしれないが、母は苦難の道を歩んできていたからこそ、すべてのしがらみから離れてみたかったのではなかろうか？

女流作家パール・バックのように、たった一人の娘が精神障害児であったりすれば、生き方も変わったかもしれないが、母はパール・バックではない。

一生涯東京にいて、佐渡に戻らなかった父を支え続けた。

その精神力の強さは、誰にも真似できるものではない。

田舎の封建主義に凝り固まった祖父母や、周りの使用人、檀家のなかで、内外ともに神経をすり減らしながら四人の子供を育て上げた心労はいかばかりであったか？

「ときわ荘」入居の相談を受けたとき、私は「自分が行きたい道に進めばよい」と思った。

現在、私は、母の入居したと同じ年齢ではあるものの、今の都会の老人ホームのことは情報でしかわからないし、つれあいと元気に日々を過ごしていて、今は次の環境を考えていない。

人間はそんなものだと思う。

なんでも計画的にできるものではない。

一日一日の足跡を残すのが精一杯な人もいてよい。

先駆的に母の入居した二十年前の地方の老人ホーム。

そこでは、毎年「しらさぎ」という「ときわ荘」の会報誌が発行され、居住者の俳句、短歌、随筆が掲載され、思い出のアルバムには年間の行事を楽しむ写真のページもあった。

その冊子のなかには、見たこともないほど晴れ晴れとした笑顔の母があった。


その年代の女性としては、高い教育の恩恵を受けていた人だったので、イベントの大黒天の扮装を楽しむ母を、つれあいは「こんなことをさせられて……」と眉をひそめた。

「郷に入っては郷に従え」で、現実的な母はむしろうれしかったのではないか？

彼女は郷に従う聡明さを持ち合わせていた女性であったと私はとらえている。


同じ「しらさぎ」一四号に母の随筆もあった。

これを読んだとき、母という人間は住環境よりも、ひたすら自己の成長を願う人間（八十歳であろうが百歳であろうが）であることを、思い知らされた。

気の長い話　かたつむり戦法

本間ハツ

たゆまずに行かば　千里の果ても見む　牛の歩みの　よしおそくとも

という古歌があります。

「継続は力なり」ということを教えたものだろうと思います。

わたしは、自分の歩みは牛どころか蝸牛のようなものだと思っています。

そして残念ながら「千里の果て」というような遠大な理想も希望も持ち合わせていません。

しかし、ある日、私はかたつむりだって人間にはよくわからないけれども何か自分なりの目的を持って動いているのだろうと考えました。

かたつむりに与えられた能力の、のろさを別に不満にも思わないで、自然のままに生きているのだろうと思いました。


わたしも何か一つ手近な目的が決まったら、ゆっくり時間をかけてやってみようと考えつきました。

何年か前に書道の先生から講座生全員に、仮名の練習を兼ねて「小倉百人一首」のお手本をいただいたのがあり、それは「ときわ荘」へ持ってきております。

それで奉書紙一枚を二つ折りにして、一ページに一首、一日に二首ずつ書こうと決めました。

一日に二首を一枚に清書するだけですので、一時間かければ十分で、五十日かけてどうやら終了し和綴じに製本してもらうことにしました。

一つの清書に五十日もかけるなどなんと気の長い話だと人が聞いたらあきれるだろうと思います。

でもわたしはこの「かたつむり戦法」で、これからもすこしずつ自分の勉強をつづけたいと思っています。


この文を書いたときの年齢は八十三歳だろうか?

自分の置かれた環境のなかでよりよく生きようとしたのである。


日本人というのは、欧米人と違って、ただ単に強ければよいとか、早ければすばらしいということには（スポーツは異なるが）価値を見出さないのではないだろうか?

深めて行けば行くほど、そのことを通じて自分の人生の「道」があきらかになってゆく。

日常的な些細なことも一生懸命やっていれば「道」は人生の「高み」へと通じてゆく。

人間性の高みへと自分を引き揚げてくれると考え、充実感をおぼえる国民性。

母は一人精神性を大事にし、人間の「高み」へと自分を引き揚げたかったのではなかろうか?

短歌の好きだった母に、子供四人で母の短歌集をプレゼントした。

「米寿のお祝いにしたい」と、「これまで書いてきた作品をまとめてほしい」と連絡した。よほどうれしかったのだろう。

短歌集の名前も自分で『あゆみ　米寿を前に』と決め、うたを作った年齢順に並べて送ってきてくれた。

『あゆみ』には、一九九八年四月、ロシアの天才映画監督アレクサンドル・ソクーロフの言葉が寄せられている。

弟の友人みや こうせい氏（写真家、エッセイスト。夫人は児島宏子さんで、ロシア語が堪能でNHKニュースでゴルバチョフ氏の通訳をしていたのを思い出した）が監督に母を紹介し、初対面であったのに監督の映画の重要な登場人物に仕立てられたという経緯がある。

この映画は、「オリエンタル・エレジー」で佐渡もロケ地に選ばれ、ドイツのオーベルハウゼンの国際短編映画祭でグランプリを仕留めた。

みや こうせい氏は、独身時代（二十代）に何度か母のいた佐渡の寺に長逗留し、蘇生した体験を持っておられる。

彼のエッセイ『明日は貴族だ』（あすなろ社）は大宅壮一賞候補になったことがある。

写真集『羊と樅の木の歌』（朝日新聞社）、『ルーマニアの赤いバラ』（日本ヴォーグ社）の世界の、感性のみずみずしさにひきこまれたのを思い出した。

九十二歳でこの世を去る寸前まで短歌を書いていたその筆跡もなまなましい和綴じの

母　本間ハツ

歌集が私の手元にある。佐渡に住み、最後まで母の支えとなって看取ってくれた妹から後日、贈られたものである。

たっぷりと　大きな筆に　墨つけて　書きし思い出　「日々是好日」

人間は流れそのものの一部であることに気づいた今、自分のおかれたところで素直に存在するありかたを大事にしたいと思っている。

大きな寺の坊守だった母が　晩年、老人ホームの小さな部屋一つの存在を喜び、真摯に生きたそのことの意味が、ずしんと響いてきたからである。

花と人

春の初め、ふだん何気なく通り過ぎる出入り口のスロープ近く、淡々しい青色の小花のひと群れが風にひっそり揺れているのを見かけた。

まるで天使たちが春の空から舞い降りて、そこでひと休みしているようで、疲れたこころにサーッとさわやかな涼風が吹きすぎたのである。

花の名前は「ネモフィラ」。

この可憐な花は、千葉県や茨城県では大量に栽培され、その青い花群れを観光資源にしている……そんな有名な品種らしかった。

この花をスロープに植えられたのは、ご近所のUさんとおっしゃる男の方で、彼はいつもお一人で近辺の花壇を黙々と整備されている。

花は人のように余計なことを話さないし、ただ静かにそこにある。

私は、Uさんを個人的に古くから知っているわけではないが、ヒトにとても疲れた経験がおありなのかもしれないなあ……と、私自身が人間が好きな反面、ヒトの側面に人間嫌いになった経験があるので、かってに想像したりしている。

黙って行動で示す生き方は立派で、誰も口出しはできない。

花にしても、ただ咲いているだけのことだが、黙ってそこにあることが本当はとても意味があるのだと、彼を通して私は学んだ。

多摩市ではアダプト制度を取り入れており、彼は多摩市公園課に協力し、東側の花壇を整備しておられる。

私のつれあいが二〇一七（平成二十九）年四月から一年間、ご近所の理事会の仕事を承った折、北側の三つの箱型花壇が草ぼうぼうで荒れ果てていたので、Uさんを見習ったわけでもないだろうが、理事数人と、花好きな方のご協力もいただき開墾し初めた。

多摩市命名の「なかよしこみち」の箱型花壇は、多摩市道路課のアダプト制を取り入れたことで、季節ごとに市から無料の花が届き、見事に花園に化したのである。

スズラン、パンジー、ほたるぶくろ、ペチュニア、マーガレット、松葉ボタンなど春夏秋冬の花のいろどりは道行く人を和ませ、理事職を解かれたあとも彼らは毎月一回草取り、土壌改良、道沿いの溝の整備をし、気がついたら水やりにも時間を割いていた。

もちろん、自主ボランティアである。

仕事

駅のホーム沿いに花を植えるということは
いつ頃　誰が　始めたのだろう

つつじ　カンナ　ひまわりなど
季節ごとに
さりげなく咲いているけれど
どれだけ多くの人がなぐさめられていることか
どこかの駅員さんが気が付いて
一人で　こっそり始めたのだろうが……

誰に知られなくてもいい
人にほめられたいとも思わない
この少しのかけひきもない駅員さんのように
こっそりと人に感謝されるような

（『風になった少女』一九八八年）

仕事ができたらいいなあと思う

「園芸療法」というものが、体やこころを癒すリハビリの一環として、推奨されているのを聞いているが、花作りには、健康に役立つ要素がたくさん詰まっている。

土を耕して種をまいたり、雑草を取り除いたりと、細かい運動の要素が脳のよい刺激となる。

また、植物が育っていく過程をながめるのは観察力のトレイニングになる。昨日と比べて葉に元気がなければ、肥料や水量を変えてみるなど、こまやかな工夫が必要になる。

そして植物が順調に育って行くことで、理屈抜きに達成感を味わえる。

誰にとっても同じ量の時間が経過し、何気なく過ぎてしまう日常生活。

私は、花を育てている方たちが、なにかの見返りを求めているわけではなく、土いじりが好きで、気持ちが落ち着くからやっているのであって、なんでもないそのことが、ヒトにひっそりと感謝されている仕事になっているのに気がついた。

私のかたわらに稲盛和夫著『生き方—人間として一番大切なこと』があって、折にふれ読んでいるのだが、二十年間も読み続けていると、こころに響くページが変わってくるから面白い。

理性と良心を使って感性や本能を抑え、それらをコントロールして行こうと努める事が大切だ。

「世の為人の為に尽くす」という考え方。欲望のままに必要以上のものを求めたりしない「足るを知る」という生き方をこころに刻み付けることが心を磨くことにつながる。


稲盛さんの哲理は実は単純なことで、私の周りで見事に生かされていたの言葉がストンと入ってきた。

道野辺で黙々と花に向かう方たちから、「足るを知って」暮らせば、とびきりの何かがなくても、人間は十分に生きる甲斐を持てるということを、教えられたのである。

あとがき

二〇二〇年春に、コロナ規制の緊急事態宣言が出ていたころ、私は昭和の初めに富士八湖の一つ、四尾連湖畔（しびれこはん）で独居生活をした詩人野澤一（のざわはじめ）の詩業に集中していた。

ご子息野澤俊之様から、「遠慮せず思いのまま書いてほしい」と温かな後押しをいただき、このころはまっすぐ四尾連湖畔に跳んだのだった。

「詩と思想」誌の、創刊五十周年になる記念として『［新］詩論・エッセイ文庫（新装版）』の企画があるのを知ることができたのはとてもありがたいことであった。


良きにつけ悪しきにつけ、五十余年詩を書き続けてきて、詩そのものではなく、エッセイ、詩論、評伝などに挑戦するのはかなり勇気のいることであった。けれども私にとって印象深い詩人や、詩集との関わりを書き進めるなかで、自然観、人生観を表現できる詩の器の力、詩の持つ豊かさと広がりにどれほど励まされ、生きてこられたかに気づかされたのは思いも寄らぬ恩寵であった。

生涯の流れには、川の流れのように、ときに淵があり、瀬がある。

この世では誰でもが出会わなければならない自然なことで、平凡な流れをあえて活字にするほどではなかったかもしれない。何度、この未熟な作業をやめようかと立ち止まったことだろう。

だが、長い年月にたまたま知り合った方たちには独自の存在者もあり、単に個人の回顧にとどまらず、書いておくのは無駄ではないだろうと考えるようになった。

私に影響を与えて下さった方の何人かは、一足先に彼岸に旅立たれてしまったが、私は黙したまま、野に咲く花のように、もうしばらく一人でこちらの風に吹かれていようと思い至ったのだった。


同人詩誌「東京四季」「砧」に掲載のエッセイ、他に寄稿した散文のほかに、気がつけば七転八倒の来し方も書き込んでいた。

詩が一人の人間の生きた歴史の一コマをあらわすようにエッセイもまたしかりである。

厚顔無礼を恥じつつ、つたない自身の詩も文章のなかに入れさせていただいたが、この先、自身の詩にも変化がおきそうな気配をもみつめている。


土曜美術社出版販売の高木祐子社主、編集部の皆様には大変お世話になり、篤くお礼申し上げます。殊に「日本のソロー」では、二転、三転があったにも関わらず、よい方向にお導き下さり、感謝の言葉以外ありません。

初めてのエッセイ本を手にとって下さったあなたとのご縁にもこころから感謝申し上げます。

二〇二一年十二月十二日

倉田史子

著者略歴

倉田史子（くらた・ふみこ）

一九四一年十二月十二日　東京南青山生まれ
高田敏子主宰「野火」創刊より最終刊までの会員
詩人安西均、伊藤桂一、鈴木亨、菊地貞三の指導を受ける
詩誌「砧」、「東京四季」同人
記録詩誌「つむぐ」会員
日本詩人クラブ会員

詩集『風になった少女』（花神社・一九八九年）
詩集『こころの樹に花咲いて』（土曜美術社出版販売・二〇〇七年）
詩集『窓辺に立って』（土曜美術社出版販売・二〇一五年）

現住所　〒二〇六—〇〇三一　東京都多摩市豊ヶ丘五丁目三番地七—一〇二

[新]詩論・エッセイ文庫 17
野の風にひとり

発行 二〇二一年十二月十二日

著者 倉田史子
装丁 高島鯉水子
発行者 高木祐子
発行所 土曜美術社出版販売
〒162-0813 東京都新宿区東五軒町三―一〇
電話 〇三―五二二九―〇七三〇
FAX 〇三―五二二九―〇七三二
振替 〇〇一六〇―九―七五六九〇九
印刷・製本 モリモト印刷
ISBN978-4-8120-2649-6 C0195

日本音楽著作権協会（出）許諾 第2108147-101号